हिन्द पॉकेट बुक्स

मिट्टी के सनम

कृश्न चन्दर हिन्दी और उर्दू के कहानीकार थे। उनका जन्म 23 नवंबर 1914 को वजीराबाद, ज़िला गूज़रांवाला (अब पाकिस्तान) में हुआ था। उनका बचपन पुंछ (जम्मू और कश्मीर) में बीता। उन्होंने अनेक कहानियाँ और उपन्यास लिखे हैं। उनके जीवनकाल में उनके बीस उपन्यास और 30 कथा-संग्रह प्रकाशित हो चुके थे। उन्होंने रेडियो नाटक और फिल्मी पटकथाएँ भी लिखीं। 1973 की प्रसिद्ध फिल्म मनचली के संवाद उन्हीं के लिखे हुए थे। उनकी भाषा पर डोगरी और पहाड़ी का प्रभाव दिखता है। उनकी कहानी पर धरती के लाल (1946) और शराफत (1970) जैसी फिल्में बनीं।

मिट्टी के सनम

कृश्न चन्दर

हिन्द पॉकेट बुक्स
पेंगुइन रैंडम हाउस इम्प्रिंट

हिन्द पॉकेट बुक्स

यूएसए। कनाडा। यूके। आयरलैंड। ऑस्ट्रेलिया। सिंगापुर
न्यू ज़ीलैंड। भारत। दक्षिण अफ्रीका। चीन

हिन्द पॉकेट बुक्स, पेंगुइन रैंडम हाउस ग्रुप ऑफ़ कम्पनीज़ का हिस्सा है,
जिसका पता global.penguinrandomhouse.com पर मिलेगा

पेंगुइन रैंडम हाउस इंडिया प्रा. लि.,
चौथी मंजिल, कैपिटल टावर -1, एम जी रोड,
गुड़गांव 122 002, हरियाणा, भारत

पेंगुइन
रैंडम हाउस
इंडिया

प्रथम हिन्दी संस्करण हिन्द पॉकेट बुक्स द्वारा 1966 में प्रकाशित
यह हिन्दी संस्करण हिन्द पॉकेट बुक्स में पेंगुइन रैंडम हाउस द्वारा 2022 में प्रकाशित

10 9 8 7 6 5 4 3 2

ISBN 9789353495589

मुद्रकः रेप्रो इंडिया लिमिटेड

www.penguin.co.in

MIX
Paper from responsible sources
FSC® C047271
FSC www.fsc.org

This is a legitimate digitally printed version of the book and therefore might not
have certain extra finishing on the cover.

क्रम

मिट्टी के सनम

1

हाजी पीर

मैं पांच साल का था, आकाश नीला और निर्दयी था, हवा बर्फ की तरह शीतल। मैं एक खच्चर पर सवार था और रो रहा था, इतनी देर से रो रहा था कि मेरे रोने में अपने-आप एक गीत की सी लय पैदा हो गई थी, कदाचित् इसी कारण से अब किसीको मेरे रोने की परवाह नहीं थी। मेरी मां सबसे आगे खच्चर पर सवार मेरे छोटे भाई महेन्द्रनाथ को अपनी गोद में लिए बैठी थी, क्योंकि वह केवल एक वर्ष का था, इसलिए वह खच्चर पर अकेला नहीं बैठ सकता था, मगर मुझे शहसवार समझ लिया गया था, क्योंकि मैं पांच वर्ष का था, इसलिए महेन्द्र बड़े आराम से मां की गोद में बैठा था और मुझे मिला था यह खच्चर।

खच्चर की सवारी का मेरे लिए यह पहला मौका था और पहाड़ी यात्रा भी थी। दोनों को मैंने नापसन्द कर दिया, मैंने अब तक रेलगाड़ी में यात्रा की थी और मोटर में, बस या तांगे में। मैं पंजाब के मैदानों का पला था और लाहौर की गलियों का, इसलिए मेरी समझ में यह जगह नहीं आ रही थी, जहां एक पहाड़ खत्म होते ही दूसरा पहाड़ शुरू हो जाता है और कहीं मैदान की सूरत नज़र नहीं आती और यह खच्चर

भी कैसा अजीब जानवर है, कैसा ढचकूं-ढचकूं चलता है, जब चढ़ाई आती है तो काठी पीछे को सरकने लगती है, उतराई आती है तो मैं आगे को खिसक-खिसककर खच्चर की अयाल तक चला जाता हूं, कभी एक जगह पर टिक नहीं सकता, सबसे उत्तम जगह है, मां की गोद...मगर वहां महेन्द्र बैठा है।

खच्चरवाला मेरे रोने की चिन्ता किए बिना मेरे साथ-साथ चल रहा था, एक पतली सूखी छड़ी उसके हाथ में थी, जिससे गाहे-गाहे खच्चर को मारता था, यह उसकी आदत थी, क्योंकि मैंने देखा कि उसकी मार का खच्चर पर कोई प्रभाव नहीं होता था, खच्चर बराबर एक ही गति से चला जा रहा था। खच्चरवाला कठिन रास्तों पर अपने हाथ से मेरी पीठ को सहारा देता था, कहीं लुढ़क न जाऊं, कभी वह ज़ोर-ज़ोर से गाने लगता, उसके गाने की आवाज़ में मेरे रोने की आवाज़ दब जाती और मुझे विवश होकर अपने रोने की लय को धीमा कर देना पड़ता, फिर ज्योंही खच्चरवाले के गीत की आवाज़ धीमी पड़ती, मैं ज़ोर-ज़ोर से रोने लगता, मगर मेरा रोना कोई नहीं सुन रहा था। खच्चरवाला गीत गा रहा था, खच्चर सर झुकाए अपने मालिक की छड़ी खाए चला जा रहा था, मेरी मां अगले खच्चर पर सवार पीछे मुड़कर भी नहीं देखती है। आंसू मेरे गालों पर सूख चले हैं, रोने की आवाज़ भी गले में सूख चली है। रास्ते के पेड़ निकट आते हैं, पीछे रह जाते हैं, एक चढ़ाई समाप्त नहीं होती कि दूसरी आरम्भ हो जाती है। मैं अपना रोना बन्द करूं भी तो कैसे? इज़्ज़त का सवाल है, मैं मां की गोद में बैठना चाहता हूं, मगर वहां तो महेन्द्र बैठा है। ठीक है, अगले किसी खतरनाक मोड़ पर मैं खच्चर से छलांग लगाकर नीचे किसी खाई में लुढ़ककर मर जाऊंगा, फिर मेरी मां को पता चलेगा, उसने कैसा अन्याय मेरे साथ किया था। मैं ज़ोर-ज़ोर से रोने लगा।

इतने में एक खूबसूरत ढलवान पर मुझे बहुत-सी भेड़ें दिखाई

दीं। दो चरवाहे उनकी देखरेख कर रहे थे, एक की उम्र मुश्किल से मुझसे तीन-चार साल अधिक होगी, दूसरा लड़का भी कोई ग्यारह-बारह वर्ष से ऊपर का न होगा, वह दोनों हरी-हरी घास के एक तल्ले में बैठे हाथ में पत्थर लिए उनसे कुछ तोड़कर खा रहे थे।

सहसा मैं रोना भूल गया, मैंने खच्चरवाले से पूछा :

"यह क्या खा रहे हैं?"

"हरे अखरोट।"

वह दोनों छोटे-छोटे लड़के कितने खुश और आज़ाद मालूम होते थे, वह मेरी तरह रोते नहीं थे, क्योंकि उन्हें खच्चर पर चढ़ना नहीं पड़ रहा था, उनके पांव नंगे और भूरे थे, घुटने भी नंगे और भूरे थे। उन्होंने सिर्फ एक मटियाली रंग की ऊनी चोगानुमा कमीज़ पहन रखी थी, जो जगह-जगह से फटी हुई थी, वह मेरी तरह कोट और स्वेटर, नेकर और जुर्राब और बूट से लदे-फंदे नहीं थे। जो कुछ भी वह खा रहे थे, कोई बहुत ही स्वादिष्ट और उम्दा-सी चीज़ थी, क्योंकि उनके होंठों पर उसके स्वाद की सफेदी आ चली थी, जिसे देखकर मैं मचल गया।

"मैं भी हरे अखरोट खाऊंगा! खच्चर रोको!! मैं भी हरे अखरोट खाऊंगा!!!"

"आगे चार सवार के दर्रे पर अखरोटों का जंगल मिलेगा।" खच्चरवाला मुझे समझाने लगा, "वहां से मैं तुम्हें अखरोट तोड़कर खिलाऊंगा।"

"नहीं, मैं तो अभी खाऊंगा।" इतना कहकर मैंने ज़ोर-ज़ोर से रोना शुरू किया।

मैंने देखा, मां ने अपना खच्चर रोक लिया, फिर उसने अपनी सीट से ज़रा-सा मुड़कर मेरे खच्चरवाले की तरफ देखते हुए कहा, "अजीजे! काके को मुझे दे दे और मुन्ने को तू ले ले, मगर इसे खच्चर

पर मत बिठाना, गोद में लिए चलना।"

"जी अच्छा।"

खच्चरवाले ने महेन्द्र को अपनी बांहों में उठा लिया, मैं उचककर अपनी मां की गोद में जा बैठा, मां ने मुझे अपने सीने से लगा लिया, खच्चर आगे-आगे चलने लगा।

पीछे-पीछे महेन्द्र रोने लगा।

अब खच्चर की गति में पेंडुलम की सी हरकत दिखाई दे रही थी, इस पेंडुलम के झूले में, मां की गोद में बैठकर मुझे नींद सताने लगी और जब में नींद से जागता तो भूख सताने लगती, हालांकि अभी दो घंटे हुए हमने खाना खाया था, मगर सफ़र में बहुत भूख लगती है और पहाड़ी सफर में उससे भी अधिक। मैं दबे-दबे स्वर में मां से अपनी बढ़ती हुई भूख का ज़िक्र करता रहा, दबे-दबे स्वर में इसलिए कि कहीं मुझे अपनी गोद से नीचे न उतार दे।

तीसरे पहर के करीब हम हाजी पीर के दर्रे पर थम गए, यकायक आसमान बड़ा हो गया, बहुत फैल गया, फैलकर एक लम्बी-चौड़ी नीली छतरी की तरह खुल गया। ऐसा खुला, नीला, निथरा-निथरा आकाश मैंने बहुत कम देखा है। सूर्य का गोल सुनहरा घेरा ऐसा उभरा-उभरा जैसे किसीने किसी तेज़ चाकू से काटकर सूर्य को आकाश पर चिपका दिया हो और नीचे दूर मीलों तक पुंछ केइलाके की घाटियां, वादियां, हरे-भरे मैदान, पहाड़, चोटियां, जंगल, नदियां, खेत, गांव किसी खबसूरत रंगीन किताब के चित्रित पृष्ठों की तरह चमकीले। जीवन में पहली बार मुझे प्रकृति की सुन्दरता के दर्शन हुए।

मेरा पहला एहसास यह था और यह सिर्फ अनुभव ही नहीं था, कुछ क्षणों तक यह अनुभव एक प्रबल इच्छा बनकर मेरे दिल में उभरा, जी चाहता था कि बाज़ू फैलाकर एक चील की तरह हाज़ी पीर

से उड़ जाऊं और सामने वादी-वादी, घाटी-घाटी, उड़ता-उड़ता हाजी पार के दर्रे से क्षितिज के उस पार पहुंच जाऊं।

मैंने मां से कहा, "मैं उड़ सकता हूं यहां से, और उड़कर अपने पापा के पास पहुंच सकता हूं।"

"तो उड़ जाओ।" मां बोली।

"नहीं उड़ सकता।"

"क्यों?"

"भूख लगी है।"

मां हंसने लगी "तुम बड़े नटखट हो!"

फिर उसने अजीजे खच्चरवाले से कुछ कहा, खच्चरवाले ने सर हिलाते हुए, दर्रे की चोटी पर खड़े मिट्टी के इकलौते घर की तरफ देखा।

हाजी पीर के दर्रे के दोनों ओर, दायें-बायें भयानक उतराइयां, खाइयां हैं, चोटी से गुज़रने का जो रास्ता है, उसके एक तरफ कच्ची मिट्टी की दीवारों का एक घर है, दूसरी तरफ हाजी पीर का मज़ार है, उस मज़ार पर नंगी सूखी टहनियों का एक पेड़ खड़ा है, जिसपर कपड़े का एक फटा झंडा लहरा रहा है। पेड़ की शाखों से कई दर्जन छोटी-छोटी गन्दी मैली पोटलियां बंधी हैं, दूर से देखने में यह पोटलियां उस काले सूखे पेड़ के फल मालूम होती हैं।

उस कच्चे घर में शर्फू रहता है, पूरा नाम शर्फुद्दीन है, वह हाजी पीर का मुजाविर भी है। हाजी पीर के दर्रे की देखरेख भी वही करता है, हाजी पीर का दूकानदार भी है, वह सूखे अखरोट, बेर, उन्नाब, बनफ्शा, मक्की के भुट्टे बेचता है। रात को जो मुसाफिर हाजी पीर तक पहुंच जाते हैं, उसके घर में विश्राम करते हैं, वह उससे मक्की का आटा खरीदते हैं, प्याज़ और लालमिर्च पीसकर चटनी बना लेते हैं और पानी पीकर और कम्बल ओढ़कर वहीं फर्श पर सो जाते हैं। शर्फू की स्त्री मर

चुकी है, वह हर समय अपनी इकलौती बेटी सैयदां बीबी को उंगली से लगाए फिरता है, सैयदां बीबी की उम्र तीन-चार साल की होगी, बालों में मोम, आंखों में काजल, हाथों में कांच की नन्ही-नन्ही चूड़ियां, गाल इतने लाल हैं, इतने लाल हैं, मालूम होता है अभी खून निकलकर बहने लगेगा। सैयदां बीबी बड़ी मगरूर हैं, हमारी तरफ देखती नहीं। साफ निगाहों, चोर निगाहों से कभी हमारे लाल मखमल के कोट को देख लेती हैं, कभी हमारे ऊनी स्वेटर को। मगर हमें देखकर ऐसी नाक-भौं चढ़ाती हैं, जैसे हम बड़े मूर्ख हों।

"दूध मिलेगा?" मेरी मां ने शर्फू से पूछा।

शर्फू बोला, "चार आने कुन्नी लूंगा।"

मांजी की समझ में न आया, यह कुन्नी क्या बला है? बोलीं, "कुन्नी में कितना दूध आता है?"

शर्फू बोला, "कुन्नी में कुन्नी जितना दूध आता है।"

मांजी बोली, "एक कुन्नी दुध दो।" उनका ख्याल था, एक कुन्नी शायद पाव या आध सेर को कहते होंगे, मुमकिन है इस उजाड़ जंगल में आध पाव दूध ही एक कुन्नी के बराबर होता हो।

मेरी आंखों के सामने शर्फू एक ढलान पर खड़ा होकर ज़मीन खोदने लगा।

"यह क्या करते हो?" मैंने पूछा।

"दूध निकाल रहा हूं।"

"क्या हाजी पीर की धरती से दूध निकलता है?" मेरी मां ने आश्चर्यचकित होकर पूछा।

शर्फू ने कुछ जवाब नहीं दिया, ज़मीन खोदता रहा। थोड़ी देर के बाद उसने उस जगह से मिट्टी में दबी हुई मिट्टी की एक हांडी निकाली, जो लबालब ठंडे मीठे दूध से भरी हुई थी।

"यहां की ज़मीन इतनी ठण्डी है कि कई-कई दिन पुराना दूध इस मिट्टी में दबा रहता है और खराब नहीं होता।" शर्फू हमें समझाने लगा।

समझाने की ज़रूरत नहीं थी, मैंने अपनी ज़िन्दगी में इतना उम्दा और मीठा दूध आज तक नहीं पिया।

वह दूध जो हाजी पीर के दर्रे से उबलता है, जो मिट्टी की कुन्नी में दबाया जाता है। कुन्नी हांडी को कहते हैं वहां। एक कुन्नी में पांच सेर दूध आता होगा, सिर्फ चार आने में। शर्फू ने चार आने पेशगी लिए थे। "क्योंकि," उसने लज्जित होकर कहा, "हाकिम लोग आमतौर से दूध के पैसे नहीं देते।" फिर अपराधियों की तरह निगाहें नीची करके बोला, "मगर मैं गरीब आदमी हूं।"

मां ने शर्फू को चार आने पेशगी दे दिए थे, क्योंकि वह हाकिम नहीं थी, हाकिम की पत्नी थी और उस इलाके में नई-नई आई थी। उसने हाजी पीर के मज़ार पर शीश नवाया था, क्योंकि यह मेरी मां के खून में है। उसने राष्ट्रीय एकता पर कोई किताब नहीं पढ़ी, धर्म-सम्बन्धी सहनशीलता पर कोई भाषण नहीं सुना, वह मानवता और सांसारिक समानता के बारे में कुछ नहीं जानती। उसने आज तक कोई अखबार नहीं पढ़ा, रेडियो नहीं सुना, सिनेमा नहीं देखा। वह एक कट्टर हिन्दू महिला है, जो मन्दिर जाती है, गुरुद्वारे जाती है, जपजी का पाठ करती है, मुस्लिम मज़ारों पर नज़र नियाज़ देती है और यह उसके खून में है। वह उस पुराने अनपढ़ अखंड हिन्दोस्तान की उस भूली-बिसरी नस्ल से है, जिसने सदियों की कोशिश से एक मिले-जुले हिन्दोस्तानी कल्चर को रिवाज दिया था, जिसे पढ़े-लिखों ने आकर आधी शताब्दी में तोड़-फोड़कर चकनाचूर करके धणा की आग में झोंक दिया।

मगर यह बाद की बात है।

आज से पैंतालीस साल पहले, लगभग आधी शताब्दी पहले एक तीसरे पहर में मैंने अपनी मां की उंगली पकड़कर पहली बार हाजी पीर को देखा था। मेरी मां मेरे छोटे भाई को अपने सीने से चिपकाए खड़ी नीचे उतरती हुई उन घाटियों को देख रही थी, जिनकी ओट में छिपी हुई किसी वादी में उसका पति और मेरा पिता नौकरी की तलाश में आया था। वह बहुत शर्मीला आदमी था, बहुत अच्छा डाक्टर था, उसके हाथ में आरोग्यता थी, मगर वह बहुत चुप रहता था और वह अत्यन्त स्वाभिमानी था और जिस रियासत में वह उससे पहले नौकर था, वहां के अंग्रेज़ रेज़ीडेंट से वह लड़ पड़ा था और उस अपराध की उसे अत्यन्त कठोर सज़ा मिली थी...और हम कहां-कहां नहीं भटके थे उस अपराध के परिणाम में? इस घटना के बाद अंग्रेज़ी सरकार की नौकरी के सारे दरवाज़े मेरे बाप के लिए बन्द हो गए थे, फिर बड़ी मुश्किल से उसे पूंछ की इस दूर-दराज़ रियासत में मेडिकल अफसर की मुलाज़िमत मिली थी।

पहले मेरा बाप यहां आया था और जब वह यहां आ के जम गया, तो उसने हमें यहां बुला भेजा था। कितनी दूर से हम यहां आए थे लाहौर की गलियां छोड़कर, वज़ीराबाद का पूर्वजों का घर छोड़कर ट्रेन से हम लाला मूसा गए थे, कोहाले पहुंचे, मेरी मां अकेली थी, मगर वह बड़ी बहादुर औरत है अपने दो छोटे-छोटे बच्चों को लेकर अकेली ही निकल पड़ी थी और सकड़ों मील का दूर-दराज़ का सफर तै करके वह इस समय हाजी पीर के दर्रे पर खड़ी थी। अब यही इलाका हमारा घर होगा, हमारा नया वतन!

जाने वह दर्रे पर खड़ी-खड़ी क्या सोच रही है, एक बच्चे को उंगली से लगाए, दूसरे को अपनी छाती से चिपकाए।

शर्फू आ के कहता है, "बहन नियाज़ नहीं दोगी?"

मां ने कहा, "मैंने ग्यारह पैसे की नियाज़ दी है।"

शर्फू कहता है, "यह तुम्हारा बड़ा लड़का है?"

"हां।"

शर्फू ने कहा, "तो इससे भी नियाज़ दिलवाओ।

मां की आंखों में एक प्रश्न था।

शर्फ ने कहा, "दूर-दूर के गांव से चलकर लोग आते हैं हमारे हाजी पीर के मज़ार पर और अपने पहलौंठी के बच्चे को हाजी पीर का बेटा बनाते हैं, फिर जो हाजी पीर का बेटा बन जाता है, उसके मज़ार की मिट्टी चख लेता है, उसे हर जगह इज़्ज़त मिलती है।"

"कितने पैसों की नियाज़ होती है?" मेरी मां ने पूछा।

"सिर्फ इक्यावन पैसों की!" शफुर्द्दीन बोला।

तो मेरी मां ने बटुवा खोलकर इक्यावन पैसे निकाले, शर्फु को दिए और मुझे उंगली से पकड़कर हाजी पीर के मज़ार पर माथा टिकाने ले गई। शर्फू ने मेरे नाम की पोटली पेड़ की शाख से बांधी, मज़ार से ज़रा-सी मिट्टी उठाकर उसे गुड़ में डालकर मुझे खाने को दी, जो मैं इसलिए बड़े शौक से खा गया कि उसमें गुड़ था।

इस तरह से मैं हाजी पीर का बेटा बन गया।

2

हाजी पीर का बेटा

हाजी पीर से मेरी दूसरी मुलाकात लगभग आठ वर्ष बाद हुई। हम लोग सर्दियों में अपने किसी अज़ीज़ रिश्तेदार की शादी के सिलसिले में पंजाब जा रहे थे, इस बार भी पिताजी हमारे साथ नहीं थे, मगर अर्दली, चपरासी, कम्पाउण्डर और दूसरा अमला फैला बहुत था। और हर जगह जहां-जहां हम जाते थे, वहां पुलिस को, चौकीदार को, नम्बरदार को पहले से इत्तिला पहुंच जाती थी कि डाक्टर साहब के घर से जा रहे हैं किसी तरह की तकलीफ न होने पाए। सर्दियों के दिन थे, सम्भवतः जनवरी का महीना था, इस कदर वह मुलाकात याद है, क्योंकि जब हम हाजी पीर की चढ़ाई चढ़ रहे थे, तो बादलों ने चारों तरफ से हमें घेर लिया, भीगी-भीगी धुंध, फिर हल्की-हल्की बारिश, फिर ज़ोर की बारिश, फिर चारों ओर से भयानक सन्नाटा! फिर धीरे-धीरे बर्फ गिरनी शुरू हो गई थी, हालांकि हर तरह से इन्तज़ाम था, मगर अब तो हम हाजी पीर की चढ़ाई आधी चढ़ आए थे। अब लौट नहीं सकते थे और आगे बढ़ें तो रास्ते में कोई पनाह न थी, न कोई पेड़ न कोई घर, हाजी पीर के दर्रे तक कोई सुरक्षित जगह नहीं थी।

थके-मांदे भीगते-भागते, बर्फ के तूफान में गिरते-पड़ते हम लोग किसी न किसी तरह हाजी पीर के दर्रे तक पहुंच गए और जब पहुंचे तो रात आ गई। शर्फू ने बड़ी खुशमिज़ाजी से हमारा स्वागत किया,

सैयदां बीबी पहले से अधिक सुन्दर, अधिक घमंडी और ज़्यादा तुनक मिज़ाज हो गई थीं।

बर्फ का तूफान तीन दिन तक बढ़ता-चढ़ता रहा, दिन-रात बर्फ गिरती रही और हम शर्फू के घर में सुरक्षित बैठे रहे, न आगे जा सकते थे, न पीछे। आटा खत्म हो गया, आलू खत्म हो गए, सूखा कद्दू खत्म हो गया, प्याज़ खत्म, लाल मिर्च खत्म, खाने को कुछ नहीं था। ऐसे में शर्फू कम्बल लपेटकर घर से बाहर निकला और बर्फ के मरुस्थल में चलता-चलता जाने किस तरह से और किस गांव से दूसरे रोज़ सर पर मन-भर का बोझा लादकर हमारे लिए रसद लाया, उसकी गैरहाज़िरी में सैयदां बीबी ने हमारा नातिक़ः बन्द कर दिया था, यह करो! बह न करो!! सुना है वह मक्की के टोडे बहुत उम्दा पकाती हैं, मगर सिर्फ अपने बाप के लिए, उनका बाप सैयदां बीबी को ज़्यादा देर तक आंच के किनारे नहीं बैठने देता था, फूल से गाल जल जाएंगे। हम बड़े हाकिम के बेटे थे, मगर चौथे दिन जब बर्फ का गिरना बन्द हुआ और सूर्य निकला और हमने सैयदां बीबी से अपने संग बर्फ में खेलने के लिए कहा, तो उसने नाक चढ़ाकर 'हुंह्' कहकर इन्कार कर दिया था। शर्फू ने दूसरी शादी नहीं की थी, वह सैयदां बीबी को देख-देखकर जीता था।

चौथे दिन जब हम बर्फ में रास्ता बनाते हुए चले, तो मैंने हाजी पीर के उस तरफ दूसरी उतराई की घाटी में एक गूजर की लाश देखी, जो सर्दी से अकड़कर बिलकुल नीली हो गई थी। वह गूजर सिर्फ घुटनों तक लट्ठे का एक नेकरनुमा पायजामा पहने था, उसके पांव में ध्याल के चप्पल (धान के खोशों से बने हुए) थे, उसका मुंह खुला था और उसमें से नसवार-भरे पीले दांत दिखाई दे रहे थे। उसके गंजे सर पर एक मखरूती टोपी थी और उस टोपी के ऊपर मज़बूत बटी हुई रस्सियों में उलझा हुआ नमक का एक बहुत बड़ा

ढ़ला नज़र आ रहा था, जिसका वज़न लगभग डेढ़ मन रहा होगा। वह नमक का ढेला उठाए हुए चला आ रहा था कि बर्फ और धुंध और तूफान में कहीं रास्ता भूलकर उस खाई में गिर पड़ा था और गिरते ही खत्म हो गया था।

"मगर यह नमक का ढेला क्यों उठाए हुए है?" मैंने सरवर खां कम्पाउण्डर से पूछा।

खां ने अफसोस से सर हिला के कहा, "हमारे इलाके में नमक तो होता नहीं, नमक पंजाब से आता है। खिउड़े की खान का नमक सबसे उत्तम होता है, मगर सर्दी के दिनों में जब पंजाब जाने के रास्ते बर्फबारी से बन्द हो जाते हैं, यहां के दूकानदार और बनिये नमक इस कदर महंगा कर देते हैं काका, कि हमारे देश के गरीब किसान और गूजर जो मवेशी पालते हैं और जिन्हें न सिर्फ अपने खाने के लिए बल्कि मवेशियों को चटाने के लिए भी नमक की ज़रूरत होती है वह इस महंगे भाव से बाज़ार से नमक नहीं खरीद सकते, इसलिए यह लोग उड़ी से, कोहाले से, कोहमरी से,रावलपिंडी से, गूजर खान से, जहां-जहां से उनको नमक सस्ता मिलता है, अपने सर पै उठा के लाते हैं और कई-कई दिन पैदल चल के सैकड़ों मीलों की मुसाफत तै करके नमक लाते हैं।"

अजीब बात है, मैंने आज तक नमक के महत्त्व को समझा ही नहीं था। अक्सर खाने की मेज़ पर मैंने कई बार शिकायत की थी कि "बावर्ची खाने में नमक क्यों अधिक डाल देता है?" यह कि नमक कभी कम भी पड़ सकता है और नमक के लिए कोई जान भी दे सकता है, यह बात आज तक समझ में नहीं आई थी।

गूजर मरा पड़ा है...नमक बर्फ में घुल रहा है, यह तस्वीर मैंने कल्पना के अन्तराल में हज़ार बार देखी है, कभी समझ में नहीं आई,

यह कोई कठिन अमूर्त तस्वीर भी नहीं है, फिर भी समझ में नहीं आती।

अगले बहुत-से सालों में हाजी पीर से बहुत-सी मुलाकातें रहीं। एक दफा हम हाजी पीर की उतराइयों में अलिआबाद के मुकाम पर शिकार खेलने गए थे, एक बार जब मैट्रिक की परीक्षा देकर रावलपिंडी से लौटा था, एक बार जब लाहौर के फारमन क्रिश्चियन कालेज में दाखिला लेने गया था। बहुत-सीमुलाकातें हैं, गत के धुंधलकों में खोई हुई, काल की डालियों से स्मृति की छोटी-छोटी पोटलियां बांधे हुए, वह मुझे याद नहीं हैं।

मगर एक मुलाकात बहुत याद है। मैं एफ० ए० का इम्तहान देकर छुट्टियों में घर लौट रहा था, क्रान्तिपार्टी में नया-नया रंगरूट भर्ती हुआ था डानब्रीन की, 'मे फाइट फार आयरिश फ्रीडम' और 'टैन डेज दैट शुकदी वर्ल्ड' और वीर सावरकर की 'इंडिया'स फर्स्ट वार आफ इन्डीपैन्डेन्स' पहली बार पढ़कर दिल में एक अजीब कच्चा-सा जोश और उफान-सा भरा हुआ था, फ्रेंच रैवोल्यूशन एक्वैलिटी, फ्रैटेरनिटी, लिबर्टी और सोशलिज़्म फिर पुराने फ्यूडलइज़्म के विरुद्ध नये यूरोप का युद्ध दिमाग के कड़ाहे में जाने क्या-क्या चीज़ें उबल रही थीं।

उन दिनों मुझे अच्छे कपड़े पहनने का शौक था, विलायती कार्डराय की जोधपुर और रेन्डल की ऊनी कमीज़ के ऊपर हाफ हन्टिंग कोट पहने हुए सोला डाटे हुए उम्दा घोड़े पर सवार जब मैं हाजी पीर के दर्रे पर उतरा तो शर्फू मुझ पहचान न सका, वह उस समय भी मुझे न पहचाना, जब मैंने घुटने टेककर हाजी पीर के मज़ार पर नियाज़ दी। मैं अब लगभग नास्तिक हो चला था, मगर हाजी पीर से अभी तक एक अजीब व गरीब लगाव बाकी था। शर्फू ने मुझे उस समय पहचाना जब मैं हैट उतार के उससे गले मिलने लगा।

"छोटे डाक्टर?" शर्फू खुशी स चिल्लाया, मगर शर्फू की खुशी में एक अजीब-सा रंग भी शामिल था, अजीब व गरीब तरीके से वह आदमी बुझा हुआ था, उसके कनपटियों के बाल एकदम सफेद हो चले थे, माथे पर गहरी लकीरें पड़ गई थीं, बातें करते-करते वह एकदम गायब हो जाता और चुपचाप शून्य में तकने लगता, मैं उसके मन की विलक्षणता का अनुभव कर रहा था, मगर कुछ समझ में न आया।

उस रात उसने बड़े आग्रह से मुझे अपने घर में रोक लिया।

रात को जब वह मेरे लिए मकई के टोडे पका रहा था, मैंने उससे पूछाः

"सैयदां बीबी कहां है? क्या शादी हो गई?"

शर्फू ने अजीब तरीके से सर हिला के आहिस्ता से कहा :

"हां, शादी हो गई।"

"कहां शादी हुई है? बिरादरी में?"

"नहीं बिरादरी में तो नहीं हुई, पिंडी में हुई है।"

"क्या सैयदां बीबी पिंडी में हैं?" मैंने खुशी से चिल्ला के कहा।

"मुझे अगर पहले से मालूम होता तो बहन से मिल के आता।"

"तुम पिंडी से आ रहे हो?"

"हां।"

"और तुमने मेरी बेटी को नहीं देखा? सारी पिंडी में उसकी सुन्दरता की धूम है।" वह अजीब तरीके से सर हिला के मक्की के टोडे से कहने लगा :

"सैयदां बीबी चकले में बैठी हैं।"

एक दफा का ज़िक्र है, एक ज़बरदस्त हाकिम था, ठाकुर शेरसिंह कहें उसे...रियाया उससे बहुत डरती थी, क्योंकि शेर से सारा जंगल

डरता है, एक दफा ठाकुर शेरसिंह हाजी पीर के दर्रे पर इन्साफ करते-करते पहुंचे और उन्होंने सैयदां बीबी को देख लिया, रियाया हाकिम के ज़ुल्म से उतना नहीं डरती है, मगर हाकिम तो इन्साफ करता है और शेरसिंह ने सैयदां बीबी को देख लिया था, और वह उसकी सुन्दरता से इन्साफ करने पर तुल गए थे।

फिर क्या...?...वह इन्साफ कर गए और चले गए, क्योंकि हाकिमों को आगे भी तो जाना होता है, वह किसी एक जगह इन्साफ करने के लिए नहीं रुकते, जहां जाते हैं इन्साफ करते हैं, चले जाते है।

एक दफा का ज़िक्र है, एक और ज़बर्दस्त हाकिम था अडाल्फ हिटलर।

एक दफा का ज़िक्र है, एक उससे भी ज़बर्दस्त हाकिम था चंगेजखां।

और...?

सैयदां बीबी चकले में हैं, ठीक है।

उस चांदनी रात में मैं हाजी पीर के मज़ार के करीब आ के बैठ गया था, ठण्डी चांदनी हवा में कफन के कोरे लठे की तरह खड़खड़ा रही थी, शर्फू मेरे पांव दबाते हुए कह रहा था और उसकी आवाज़ में अजब-सी करुणा थी।

"बाबूजी दूसरी बार पिंडी जाओ, तो उससे कहना, सैयदां बीबी घर चल! तेरा बाप तुझे बुलाता है, मेरी इकलौती बच्ची अपने घर चली आ, इन्साफ से न हार!क्या तुझसे पहले इस दुनिया में इन्साफ नहीं हुआ? क्या सिर्फ तुझीसे इन्साफ हुआ है? अरी पगली! वह जो हाकिम हैं, वह तो सदा इन्साफ ही करते रहते हैं। हमारे शरीर से, हमारी आत्मा से, हमारे घर से और खेत से और हमारी ख्वाहिशों की आखिरी खुशी और खून की आखिरी बूंद से वह इन्साफ करते रहते

हैं। मेरी मासूम बच्ची, हाकिमों के इस इन्साफ से बचकर कोई कहां जा सकता है, यह मत सोच कि तू अपनी सहेलियों को क्या मुंह दिखाएगी! यहां कौन-सा घर ऐसा है, जो हाकिमों के इन्साफ से दागदार नहीं है? चली आ सैयदां बीबी, तेरा बाप बिल्कुल अकेला है।"

शर्फू ने अपना चेहरा अपनी दोनों बांहों में छुपा लिया है।

चांदनी के शरीर पर नीली खरोचें हैं, मज़ार के पेड़ की नंगी काली डालें किसी अन्दरूनी गुस्से से कांप रही हैं। हाजी पीर के नीचे के पहाड़, नदियां, वादियां, घाटियां, चांदनी के सुफेद धुंधलकों में सर झुकाए खड़ी हैं, जैसे आकाश ने तारों की कीलों से जड़ा जूता उनके सर पर रख दिया हो।

मैं अपनी नई जवानी, नई शिक्षा और नई क्रान्ति की उमंग के साथ शर्फू से कुछ कहना चाहता हूं, अपनी बांहों में मुंह मत छुपा शर्फू। एक दिन यह अंग्रेज़ी राज्य खत्म हो जाएगा, एक दिन यह राजाओं-महाराजाओं का व्यक्तिगत राज्य भी खत्म हो जाएगा जिसमें एक सम्प्रदाय को दूसरे सम्प्रदाय के विरुद्ध लड़ाकर हुकूमत की जाती है, एक दिन राज लोगों के हाथ में आएगा, तेरे खेत तेरे होंगे, तेरा हाकिम तेरा नौकर होगा, तेरे घर की खोई हुई प्रतिष्ठा और गर्व तुझे वापस मिल जाएगा।

मगर मैं उससे कुछ कह नहीं सकता, हिम्मत नहीं पड़ती, ऐसा लगता है जैसे दीमक खाई हुई लकड़ी के खोखे पर खड़ा झूठे वायदे बेच रहा हूं, ऐसा लगता है अगर मैं यह सब कुछ उससे कह दूंगा, तो वह गम और गुस्से से, लाल आंखों से मेरी तरफ गजबनाक लहजे में चिल्लाकर कहेगा :

यह सब झूठ है! झूठ है!!...सैकड़ों बरस से तुम इसी तरह मुझसे झूठे वायदे करते चले आए हो, खुदा के लिए तुम तो ऐसा न कहो हाजी

पीर के बेटे!"

यह तीस-पैंतीस बरस पहले की बात है, अब तो हाजी पीर को देखे हुए, एक ज़माना हो गया, शर्फू शायद मर चुका होगा, सैयदां बीबी भी पिंडी के किसी चकले में मर-खप गई होगी। समय के धुंधलकों में बीते दिनों के निशान मिटते जा रहे हैं। मैं हाजी पीर को बिल्कुल भूल चला था कि कुछ दिन हुए मैंने हाजी पीर को देख लिया।

मगर सिर्फ तस्वीर में... ?

अरे, यह तो वही हाजी पीर है।

पचास बरस में दुनिया कितनी बदल गई, उस समय देश अंग्रेज़ों का गुलाम था, फिर मुल्क अंग्रेज़ों से आज़ाद हुआ,एक मुल्क के दो मुल्क बने, हिन्दोस्तान और पाकिस्तान, अठारह वर्ष तक हाजी पीर का इलाका आज़ाद कश्मीर का इलाका कहलाता रहाऔर पाकिस्तान का हरा झंडा हाजी पीर पर लहराता रहा, कुछ दिन पहले की तस्वीरें हैं, जब हिन्दोस्तानी फौजों ने फिर से हाजी पीर को जीत लिया।

बिल्कुल हाजी पीर का पुराना खंडहर है, वही कच्ची मिट्टी का टूटा-फूटा घर है, वही बेसरोसामानी है। हाजी पीर के कपड़े उसी तरह फटे हुए हैं, पांव नंगे हैं, हाथ फैले हैं।

"हमें आटा दो, गुड़ दो, नमक दो, नमक, नमक, नमक!" तो क्या उसी खाई में उस गूजर की लाश अभी तक पड़ी सड़ रही है?

सरवर खां एक पुराना फटा-कटा फौजी कोट पहने, जिसमें जगह-जगह सूराख हैं, शिकायत कर रहा है, "साहब मेरी दो बीबियां हैं, दोनों को पाकिस्तानी कप्तान ज़बरदस्ती मेरे घर से उठाकर फौजी चौकी में ले जाते थे।"

मुमकिन है सरवर खां झूठ बोलता हो, मगर वह फटे कपड़े तो झूठ नहीं बोलते? वह भूखी निगाहें तो झूठ नहीं बोलतीं? वह फैले हुए हाथ और अधखुले होंठ आटे और नमक के लिए तरसते हुए तो झूठ नहीं बोल सकते?

जी चाहता है, सिक्योरिटी कौंसिल की एक मीटिंग हाजी पीर पर बुलाई जाए, मैं उनके स्वागत के लिए सरवर खां का फटा हुआ कोट, जिसमें जाबज़ा गरीबी की गोलियों ने सूराख कर दिए हैं, मज़ार के पेड़ पर यू० ए० ओ० के झंडे की तरह टांग दूंगा और तुमसे पूछूंगा:

"किस तरह तुम हाजी पीर पर अपना हक जमाते हो? क्या तुमने कभी शर्फू का गम देखा? कभी सैयदां बीबी को पिंडी के चकले से वापस भेजने की कोशिश की? कभी उन भूखे किसानों की आधी रोटी पर नमक का एक टुकड़ा भी रखा? वह नमक जो इस इलाके में सोने से भी ज़्यादा कीमती है, हाजी पीर तो सरवर खां का है, पेंदा खां का है, गुलाम रसूल का है, कृष्ण चन्दर का है, मैं हाजी पीर का बेटा हूं, मैं कृष्ण चन्दर। मैंने उसके मज़ार की मिट्टी चाटी है, उसके पेड़ की नंगी, सूखी, बेफूल शाखों का गम देखा है और उसे अपने सीने में एक दहकती आग की तरह सुरक्षित कर लिया है, बेशक तुमने अठारह वर्ष तक हरा झंडा हाजी पीर पर लहराया, मगर हरे झंडे के लहराने से हाजी पीर की घाटियों पर हरियाली तो नहीं उगी, बह उसी तरह पाले की मारी, निर्जल, कठोर हैं।

दो सौ वर्ष

शून्य

पचास वर्ष

शून्य

अठारह वर्ष

शून्य

वह सब कलमा पढ़नेवाले थे और मम्लकते खुदादाद में शामिल थे, वह सब मुसलमान थे, मगर उनके पास नमक नहीं था, वह मुसलमान थे, मगर उनके पास कंपड़े नहीं थे, वह सब मुसलमान थे, मगर मुसलमान होकर भी उनकी बच्चियों की इज़्ज़त सुरक्षित नहीं थी।

शायद इसलिए मैंने जिस खुदा और उसकी जिस मम्लकत की कल्पना की है, वह मुसलमान का नहीं है, वह हिन्दुओं का भी नहीं है, वह नमक का खुदा है, और उस खुदा की पूजा नहीं की जाती, उसके लिए नमाज़ भी अदा नहीं की जाती, बल्कि उसे नमक के ढेले की तरह चाटा जाता है, और रोटी के ग्राम की तरह खाया जाता है और जब हम अपनी ज़बान से अपने खुदा को इस तरह चाटते हैं, तब वह हमारे जिस्म व जान के कण-कण में समा जाता है और हमारे रोयें-रोयें से उसके लिए शुकराने की सदा निकलती है, फिर वह निगाह, सांस और खून बनकर हमारी नसों में दौड़ता है और जब हम काम करते हैं और हाथ हिलाते हैं और इश्क करते हैं, तो वह हमेशा-हमेशा हमारे बीच नमक की तरह मौजूद रहता है... ऐ हाजी पीर! ऐ हाजी पीर!!

3
अलिआबाद

हाजी पीर के दर्रे के नीचे उतर आओ! हाजी पीर के गगनचुम्बी पहाड़ के कदमों में आ जाओ!! तो अलिआबाद का घना जंगल शुरू हो जाता है, इस जंगल में आम तौर पर शिकार करने की मनाही है, लकड़ियां काटने की मनाही है, इस जंगल की लकड़ी ठेके पर भी नहीं दी जा सकती, पहाड़ी भाषा में इस प्रकार के जंगलों को 'रक्ख' कहते हैं 'सेंक्चुअरी'। वास्तव में अलिआबाद का जंगल जानवरों के लिए एक बहुत बड़ी 'गेम सेंक्चुअरी' का काम देता है।

यह जंगल इतना घना है कि यहां दिन को भी रात का सा समां रहता है, अधिकांश चील के पेड़ हैं, काऊ के और बियाड़ के, कहीं-कहीं देवदार भी नज़र आता है, मगर बहुत कम। पेड़ अत्यन्त घने हैं, उनपर जंगली बेलें दूर-दूर तक एक पेड़ से होकर दूसरे दरख्त से होकर तीसरे दरख्त को लपेट में लेती हुई, सब्ज़ रंग छतनारे बनाती हुई दूर तक चली गई हैं, जिससे जंगल जंगल नहीं, हज़ारों स्तूनो वाला, हज़ार गुम्बदों वाला सब्ज़ महल मालूम होता है...मगर यह सब्ज़ महल इन्सानों का नहीं, जानवरों का है।

इस जंगल में भूरी धारियों वाले चीते पाए जाते हैं और बटन की सी नाक रखनेवाले काले रीछ, जो जंगली अंगूर की बेलों में छिपे हुए, शहद के छत्ते तलाश करते रहते हैं, यहां घमंडी बारहसिंघे पाए जाते हैं और कोमलबदन हिरनियां जिनकी बड़ी-बड़ी आंखें देखकर,

मुहब्बत के बीते हुए अफसाने याद आते हैं। फर्श पर घास और घनी झाड़ियों के गालीचे बिछे हैं, जिनमें जाबजा गालीचों की तरह फूल खिले हैं, उन गालीचों पर रतगले (जंगली मुर्ग) अपनी कलगियों वाले सर उठाए बड़ी मस्ती से चहलकदमी करते नज़र आते हैं। मैंने अपनी ज़िन्दगी में रतगले से अधिक सुन्दर पक्षी नहीं देखा। सर पर मोर की तरह कलगी, मगर उससे अधिक सुन्दर गले में सुर्ख परों का शानदार मफ्लर और दोनों परों पर लाली, हरे और लाजवर्दी रंगों का ऐसा स्वच्छ संगम कि देखनेवाले की निगाहें नहीं ठहरतीं, रतगले के भाई-बहन सन्होला और सन्होली हैं, यह दोनों चिड़ियां हैं। रतगला ज़मीन पर चलता है, सन्होला और सन्होली का बसेरा शाखों पर होता है, उनके पर जितने खूबसूरत हैं, उतनी ही खूबसूरत उनकी आवाज़ है, सुना है प्रकृति दोनों गुण एक जगह करके किसीको नहीं देती, खूबसूरत शक्ल देती है तो खूबसूरत आवाज़ नहीं देती, खूबसूरत आवाज़ देती है तो खूबसूरत शक्ल नहीं देती, मगर सन्होला और सन्होली को दोनों गुण दे दिए हैं।

जंगल में जब यह दोनों चिड़ियां साथ-साथ गाती हुई पर फैलाए उड़ती हैं, तो ऐसा लगता है कि जैसे स्वर इन्द्रधनुष में बदल गया, या इन्द्रधनुष संगीत की तान में। जंगल तरह-तरह के फूलों की महक से भरा है और उन सब फूलों की महक से ऊपर चीड़ के जीगन की तेज़ महक है, जो किसी सुन्दरी की कटीली निगाहों की तरह सारे जंगल में समाई जा रही है और जब हवा चीड़ के किसी एक दरख्त के झूमरों को छोड़कर चलती है, तो चीड़ के हज़ारों-लाखों झूमर हवा के साज पर एक ऐसी मधुर रागिनी सुनाते हैं, जिसे किसी बड़े से बड़े इन्सानी संगीतकार ने अभी तक नहीं बांधा है। एक अजीब, आग्रह-भरा, दिल में सन्तोष, दिल में दर्द, दिल में आनन्द, दिल में कष्ट, दिल में याद,

उन दिनों की जो अभी पैदा नहीं हुए हैं, दिल में हसरत उन आंखों की जो अभी तक देखी नहीं गईं, लेकर आती हैं। यह सांय-सांय करती हुई मधुर रागिनी, कभी पुरशोर जैसे सैकड़ों नदियां समुद्र की ओर बहती हों, कभी इतनी धीमी जैसे कोई नन्ही-सी अभिलाषा धीरे-से दिल को टटोले अलिआबाद का जंगल इन्सानी और उसके मज़हब और उसकी नफरत से बहुत पुराना है। यहां आकर वह शान्ति मिलती है, जो कभी हमारी शुरुआत में थी। चीड़ के पेड़ के किसी तने से लगकर आंखें बन्द करके झूमरों की मधुर रागिनी सुनते-सुनते मैंने अक्सर यह महसूस किया, जैसे मैं भी दरख्त बन गया हूं, मेरे तने से शाखें फूट रही हैं, शाखों पर पत्ते निकल रहे हैं, पत्तों के झूमर हवा में झूमते हैं और मेरे बदन से मधुर रागिनी पैदा होती है, जिसका मैं कभी हिस्सा था, जिसे मैंने जंगल से प्राप्त करके गंवा दिया।

मैं यह नहीं कहता कि इंसान को वापस जंगल में चला जाना चाहिए, लेकिन उसे ऐसे जंगल ज़रूर बाकी रखने चाहिए, जहां अगर वह दाखिल हो तो अपनी बन्दूक बाहर रखकर दाखिल हो, और जूते उतार के दाखिल हो, क्योंकि ऐसी जगहें मन्दिरों की तरह पवित्र होती हैं।

इस जंगल के दिल में एक ऊंची सपाट जगह पर एक उम्दा डाक बंगले का निर्माण किया गया है। हाजी पीर या पुंछ दोनों तरफ से आते हुए अर्ध चन्द्राकार की तरह एक मोड़ को काट के उस डाक बंगले तक पहुंचना पड़ता है और इस तरह एकबारगी यह डाक बंगला आंखों के सामने आता है, घनेरे पेड़ों में एक इन्सानी ख्वाब की तरह छुपा हुआ। इस इलाके में डाक बंगले दो बेडरूम के होते हैं, लेकिन यह डाक बंगला बहुत बड़ा है और इसमें आधे दर्जन से अधिक बेडरूम हैं।

सुना है कि यह डाक बंगला उस ज़माने की यादगार है, जब

कोई अंग्रेज़ लाट साहब अलिआबाद की रख की शोहरत सुनकर, यहां जंगली जानवरों का शिकार खेलने आया था। सुना है, इस जंगल में उसने पांच दिन पड़ाव किया था, उन्हीं पांच दिनों के पड़ाव की खातिर यह खूबसूरत डाक बंगला अलिआबाद की रख के ठीक बीच में निर्माण किया गया है।

दूसरी जगहों पर डाक बंगले ऐसे होते हैं कि उस जगह या उस दृश्य के लिए सजावट का काम देते हैं, मगर अलिआबाद का डाक बंगला जंगल के बिलकुल मध्य में गोया इन्सानी मुट्ठी की तरह बंद है और सहमा-सहमा-सा लगता है, जैसे जंगल में आकर झिझक रहा हो और जो कुछ वह करने आया हो उसके अपराध का अनुभव भी उस डाक बंगले को देखकर होता है, उसकी टीन की छतों पर गुंझार पेड़ की टहनियां आक्रमण करती हुईं मालूम होती हैं। दिन में भी एक अजीब सन्नाटा छाया रहता है और जब रात होती है तो जंगल गोया डाक बंगले की दीवारें तोड़कर कमरों के अन्दर तक अपनी हस्ती और व्यक्तित्व अनुभव कराने लगता है। इस डाक बंगले में रहकर मैंने हमेशा उस आदमी की तरह महसूस किया है, जो ज़बर्दस्ती किसी दूसरे के घर में घुस आया हो।

इस डाक बंगले के पीछे पुंछ जानेवाले रास्ते के किनारे एक पहाड़ी चश्मा बहता है, जिसपर बांध बांधकर पत्थरों की दो पक्की बावलियां बना दी गई हैं। एक बावली से जानवर पानी पीते हैं, दूसरी से आदमी। और यह दोनों बावलियां एक-दूसरे के साथ-साथ, एक-दूसरे के इतनी पास हैं कि अगर खच्चर एक बावली से पानी पी रहा है, तो खच्चरवाला उसकी लगाम हाथ में लिए दूसरी बावली से पानी पी रहा है और खच्चर पर नज़र रख रहा है। पानी बहुत ही ठंडा है, मगर इतना मीठा और हल्का नहीं है, जितना हाजी पीर की घाटियों का। इस पानी में एक अजब उदासी-सी घुली हुई है।

हाजी पीर से पुंछ आ जाओ या पुंछ से हाजी पीर को जाओ, बीच में अलिआबाद का जंगल आता है, इसलिए यह रास्ता सारे साल चलता रहता है और अलिआबाद के डाक बंगले में मुसाफिर ठहरे रहते हैं। मुसाफिरों की सहूलियत के लिए यहां इसी डाक बंगले में बनिये की एक दूकान है, यह बनिया कश्मीरी खोजा है, नाम है अहद जू, तीन चौकीदार हैं, अल्लादित्ता अलीबहादुर और खुदाबख्श। एक बैरा है, सरदार खां, एक बावर्ची है गंगाराम, और वह ब्राह्मण है और अपनी स्त्री सावित्री और इकलौते लड़के रामदित्ता के साथ उसी डाक बंगले के नौकरखाने में रहता है, उस डाक बंगले के चारों तरफ जंगल है और मीलों तक कोई आबादी नहीं है, मुझे यह बहुत अच्छा लगता है, इसीलिए तो अलिआबाद के जंगल में जानवर आराम से बेखौफ व खतर जीवन बिताते हैं। अलिआबाद को देखकर अक्सर मेरे दिल में ख्याल आया है कि जानवरों के अलावा कहीं-कहीं इन्सानों के लिए भी ऐसी रख सेंक्चुअरी होनी चाहिए, जहां इन्सान, इन्सान के ज़ुल्म व सितम से बचकर आराम से रह सके, कोई एक ऐसी जगह जहां हुकूमत न हो, रुपया न हो और मज़हब न हो।

हाजी पीर से अलिआबाद और अलिआबाद से कई मील दूर तक चारों तरफ का इलाका बेहद पहाड़ी, कंकरीला और कठिन है, या तो घने जंगल हैं या ऐसी रूखी-सूखी घाटियां हैं, जिनपर हरियाली तक नहीं उगती, या चट्टानों-भरे पहाड़ हैं और शोर करती हुई नदियां हैं जो मीलों तक पहाड़ी घाटियों को काटती हुई पथरीले घाट बनाती हुई गुज़र जाती हैं, दूर-दूर तक कोई गांव नज़र नहीं आता और जो गांव हैं भी वह बहुत ही छोटे-छोटे, आठ-दस घरों तक सीमित! मक्की के खेतों पर गुज़र करते हुए, भेड़-बकरियां पालते हुए परिश्रमी, सन्तोषी और धैर्यवान किसान! वहां की आबादी निन्यानबे प्रतिशत मुसलमानों की है, उनमें भी दो तरह

की नस्लें पाई जाती हैं, एक तो वह जिनकी शक्लें पंजाबियों से मिलती-जुलती हैं और जिनकी बोली-ठोली में पंजाबी रंग पाया जाता है। दूसरी नस्ल गूजरों की है जिनका रंग सांवला है और रूप-रंग द्राविड़ी, लेकिन जिनकी बोली में सदियों से मुसलमान होने के बावजूद संस्कृत भाषा का गहरा प्रभाव पाया जाता है, मिसाल के तौर पर, यह लोग अभी तक आने के लिए 'अच्छ' और जाने के लिए 'गच्छ' शब्द का प्रयोग करते हैं, इसी तरह संस्कृत के और भी बहुत-से दूसरेशब्द,जोअपनीअसली दशा में हैं, गूजरी भाषा में पाए जाते हैं। यह गूजर लोग आज़ाद कश्मीर के इलाके में कहां से आए? और कब से आए? और उनकी भाषा का असली मूल क्या है? और पश्चिमी पाकिस्तान में आज़ाद कश्मीर के इलाके की सीमा के पास भिम्बर इलाके के नजदीक जो शहर गुजरात है, उसके नाम का कारण क्या है? और गूजरों की यह पहाड़ी बोली हमारी गुजराती भाषा से इतनी करीब है, उन सब समस्याओं पर खोज करने से बड़े दिलचस्प परिणाम हासिल हो सकते हैं और हमारे पुराने इतिहास में अलग-अलग कबीलों की नकल व हरकत के सिलसिले में बहुत ही मअलूमात हासिल हो सकती है।

हाजी पीर के आसपास का इलाका मेरी कई कहानियों की पृष्ठभूमि रहा है, मेरी एक कहानी का तो नाम ही 'अलिआबाद की सराय' है। एक लघु उपन्यास 'बर्फ के फूल' भी हाजी पीर के इलाके से सम्बन्धित है, इसके अतिरिक्त मेरे पहले उपन्यास 'पराजय' में जंगल का जो ज़िक्र है, उसकी पृष्ठभूमि भी अलिआबाद का जंगल है, हालांकि उस उपन्यास के दूसरे भाग मेंहडर की वादी से तअल्लुक रखते हैं, जिसका ज़िक्र मैं आगे चल के करूंगा। हाजी पीर से उड़ी जाते हुए रास्ते में चार सवार के मुकाम पर अखरोटों का एक घना जंगल आता है, यह मेरी पसंदीदा जगह रही है। हाजी पीर से उड़ी और उड़ी

से हाजी पीर जाते हुए अक्सर मैं यहां घंटों ठहरा हूं और अखरोटों के मौसम में हरे-हरे तोतों की संगत में इस जंगल के पेड़ों से अखरोट तोड़कर खाए हैं और इस इलाके के चरवाहों से दोस्ती की है, उनके गीत सुने हैं, उनका दुःख देखा है, उनकी मुहब्बत महसूस की है, उनके साथ एक दस्तरख्वान पर अर्थात् एक चपटे पत्थर पर खाना खाया है और कभी एक क्षण के लिए मैंने या उन्होंने यह महसूस नहीं किया कि हम लोग एक-दूसरे से अलग हैं।

अखरोटों की इस भरी-पूरी वादी में एक और मेवा भी होता है, उसे 'गुर्च' कहते हैं या 'गुच्छ'। यह फल कदे आदम झाड़ियों पर पाया जाता है, जिनके हरे-हरे पत्ते, चौड़े-चौड़े घने और सख्त होते हैं। गुर्च ऊदे रंग का अत्यन्त स्वादिष्ट और रसीला फल है, स्वाद में कुछ-कुछ फालसे से मिलता-जुलता, मगर फालसा तो गोल होता है, इसकी शक्ल लम्बूतरी होती है और यह बहुत मीठा होता है, यह फल बहुत ही सर्द इलाकों में पाया जाता है, यानी सात-आठ हज़ार फुट की ऊंचाई से ऊपर एक ज़माने में मुझे यह फल बहुत पसन्द था।

एक बार अलिआबाद के डाक बंगले के करीब गुर्चों की तलाश में मैं अपने दोस्तों से अलग होकर दूर जंगल में चला गया, एक घाटी पर मुझे गुर्चों की बहुत-सी झाड़ियां दिखाई दीं। ऊदे-ऊदे गुर्च, सब्ज़-सब्ज़ पत्तों की ओट में शरमाते, लजाते मुझे ललचाने लगे और मैं एक घनी झाड़ी के करीब खड़ा होकर गुर्च तोड़-तोड़कर खाने लगा, कुछ अर्से के बाद मैंने गुर्चों की तलाश में दोनों हाथों से झाड़ी की टहनियों को जो अलग किया तो मुझे बिलकुल अपने सामने एक रीछ दिखाई दिया, जो झाड़ी की दूसरी तरफ बिलकुल उसी काम में व्यस्त था। (गुर्च का फल रीछ को भी बेहद प्रिय है, यह मुझे बाद में मालूम हुआ।) झाड़ी के आर-पार हम दोनों की निगाहें चार हुईं...चन्द लमहों तक हम दोनों

एक-दूसरे की आंखों में आंखें डाले हैरत में डूबे एक-दूसरे को देखते रहे, फिर मैंने धीरे से गुर्च की डाली हाथ से छोड़ दी और आहिस्ता से वहां से चल दिया। रीछ ने मेरा पीछा क्यों नहीं किया? यह मैं नहीं जानता, शायद गुर्च ज़्यादा मीठे थे।

मेरे बचपन का एक दोस्त था, अब्दुल्ला उसका नाम था, उसका बाप राजा साहब की तमाम शिकारगाहों का व्यवस्थापक था। अब्दुल्ला पढ़ने-लिखने के मामले में ऐसा कोरा था कि अक्सर क्लास के आखीर में पिछली बेंचों पर खड़ा मिलता था, उसके जिस्म पर बहुत बाल थे, वह बहुत मोटा था और जब झूम-झूमकर चलता था, तो दूर से देखने में खुद भी एक रीछ मालूम होता था। मगर अब्दुल्ला को अपने बाप की तरह शिकार का बहुत शौक था और मुझे शिकार के किस्से सुनने का बहुत शौक था। उसी शौक का नतीजा यह हुआ कि एक दफा मैं अब्दुल्ला और उसके दो दोस्तों के हमराह अलिआबाद के जंगल में शिकार खेलने चला गया, यानी यह तै था कि वह लोग शिकार खेलेंगे और मैं देखूंगा। मैं बुज़दिल स्वभाव का हूं और किसीकी जान लेने के लिए चाहे वह जंगली जानवर ही क्यों न हो, मैं अपने-आपको तैयार नहीं कर सकता, ऐसे आदमी कागज़ के पृष्ठ पर ही कत्ल कर सकते हैं।

दिनों-भर हम लोगों ने जंगल में शिकार खेला। यह शिकार अवैध खेला गया था, क्योंकि अलिआबाद के जंगल में शिकार खेलने की मुमानियत थी, सिर्फ राजा साहब की विशेष आज्ञा से, वर्ष-दो वर्ष में किसी बड़े आदमी को इस जंगल में शिकार खेलने को इजाज़त मिलती थी, मगर अब्दुल्ला शिकारगाहों के मुख्य व्यवस्थापक का बेटा था और शिकारगाहों के प्रत्येक भाग को स्वयं जानता था, इसीलिए हम बिना आज्ञा लिए अलिआबाद के जंगल में शिकार के लिए घुस गए थे।

फिर अब्दुल्ला ने यह चाल भी चली थी कि दिन-भर शिकार करने के बाद उसने रात को भी डाक बंगले के बजाय जंगल में सोने का प्रोग्राम बनाया था, अपने चारों तरफ जंगल में गिरी हुई पुरानी लकड़ी के कुन्दे जमा करके अलाव जलाकर हम आग के घेरे में, उस रात जंगल में सोये थे और मैं उम्र-भर उस रात को नहीं भूल सकता, जब जंगल ने जागकर उस रात मुझसे बात की थी, जब पेड़ बोले थे, रात बोली थी और सन्नाटे ने मुझे पुकारा था, चीते की लाल-लाल मशाल की तरह जलती हुई आंखों ने मुझे बुलावा दिया था, दूर कोई भेड़िया अपनी बीवी को पुकार रहा था, और भूखे गीदड़ ख़ूराक की तलाश में रोते थे और सुनहरे बालों वाले बड़े-बड़े लंगूर दरख़्तों की ऊंची टहनियों पर एकदम शोर मचाकर चुप हो जाते थे और फिर दूर ऊपर काले पड़े आसमान की नीली तारों-भरी टिकली में चांद निकल आया था और सारी आवाज़ें यकायक चांदनी के बहते हुए धारे में घुलकर चुप हो गई थीं और किसी अज्ञात मंज़िल की ओर रखां दवां थीं। उस रात उस रहस्यपूर्ण चांदनी के जादू में मैंने अपने अलाव से बाहर सब्जे के एक तल्ले पर एक बारहसिंघे और एक हिरनी को प्रेम करते हुए देखा। वह दोनों एक-दूसरे के करीब बिलकुल चुप खड़े एक-दूसरे की गर्दन से गर्दन मिला रहे थे और होंठ सूंघ रहे थे, चांदनी के तिलस्म में गिरफ्तार थे और अपने कांपते हुए जिस्म से बारहसिंघे के जिस्म से मिलते हुए जिस तरह वह हिरनी गर्दन निहुराकर चोर निगाहों से , अपने प्रेमी की ओर तक रही थी, उन निगाहों की उज्ज्वलता मुझे। कभी नहीं भूलती, जब मैंने जंगल को मुहब्बत करते हुए देखा था।

दूसरे दिन अलिआबाद के रख के हेडगार्ड ने हमें जंगल में ही सोता हुआ पकड़ लिया था और हमें अलिआबाद के डाक बंगले में ले जाकर हमारे कपड़े उतरवाकर, हमें जानवरों के पानी पीनेवाली बावली में ठंडे पानी के गोते दिलवाए थे, सारा जिस्म बर्फ की तरह

सुन्न हो गया था, सुन्न और बहुत ठंडा, नीला और बर्फीला और बाद में छः-सात दिन तक ऐसे दुखता रहा था, जैसे किसीने चमड़े के चाबुक से मारा हो हेडगार्ड ने हमें बहुत कम सज़ा दी थी, हम सब कम उम्र थे और हाकिमों के बेटे थे वरना अलिआबाद में शिकार खेलने की सज़ा तो कई माह की जेल है।

अलिआबाद के जंगल की एक रात मैं विशेष रूप से याद रखता हूं, उसे कभी नहीं भूल सकता, अगर वह रात मेरे जीवन में न आती तो शायद इस समय मैं अलिआबाद के इलाके का ज़िक्र भी न करता।

यूं कहना चाहिए कि वह रात मेरी जिहन में अलिआबाद के जंगल की आखिरी रात है। मैं बी० ए० का इम्तहान देकर लाहौर से पुंछ लौट रहा था और हाजी पीर के दर्रे से गुज़रकर कोई तीसरे पहर के करीब अलिआबाद के डाक बंगले में पहुंचा था। साल में तीन चक्कर तो अलिआबाद के होते ही थे, इसलिए डाक बंगले के प्रत्येक व्यक्ति को व्यक्तिगत रूप से जानने लगा था इसलिए मेरे आते ही हरएक ने हाथों-हाथ लिया, किसीने घोड़ा संभाला, किसीने असबाब से लदे हुए खच्चर से असबाब उतारा,खुदाबख्श ने मेरे लिए एक उम्दा बेडरूम का दरवाज़ा खोल दिया। अल्लादित्ता मेरे पांव दबाने लगा।

मैंने पूछा, "क्या बात है? आज डाक बंगले में बहुत चहल-पहल है।"

"रामदित्ता की शादी है!" अल्लादित्ता की आंखें प्रसन्नता से चमक रही थीं।

"क्या कहते हो?" मैंने खुशी से पूछा।

रामदित्ते को मैं अच्छी तरह से जानता हूं, डाक बंगले के ब्राह्मण रसोइये गंगाराम का इकलौता बेटा था, मैंने उसे अपनी उम्र के साथ-साथ उसे बचपन से बढ़कर जवान होते देखा था। इस बीच उसका

बाप मर गया और उसे अपने बाप की जगह डाक बंगले का रसोइया नियुक्त कर दिया था, फिर उसकी विधवा मां भी चल बसी, इस दुःख का शोक करते हुए कि वह अपने जीते-जी अपने बेटे की शादी न कर सकी, मगर करती भी कैसे? दूर दराज़ सैकड़ों मील के रक्बे के अन्दर हाजी पीर और अलिआबाद और रंगड़ के इलाके में ब्राह्मण तो क्या किसी हिन्दू का घर न था। इस पूरे इलाके में सिर्फ एक घर ब्राह्मणों का था और वह गंगाराम का घर था जो डाक बंगले का रसोइया था। मरने से पहले अभागी विधवा ने अपने दुःख का इजहार खुदाबख्श से किया था और सरदार खां से। और इन लोगों ने वादा कर लिया था कि वह ज़रूर जल्द से जल्द रामदित्ता का ब्याह किसी खरे ब्राह्मण घर में करा देंगे।

मगर उन्हें कोई उम्मीद नहीं थी और मरती हुई मां को कोई आशा नहीं थी और खुद रामदित्ता को ऐसी कोई आशा नहीं थी कि उसका ब्याह कभी हो सकेगा, साल पर साल गुज़र गए, बात दिल में रही। खुदाबख्श और सरदार खां आते-जाते मुसाफिरों के दिल टटोलते रहे मगर यह बातें कभी रास्ते में तै होती हैं?

फिर एक बार पुंछ जाते हुए, रास्ते में एक तूफानी रात में सरदार खां बैरे को एक रात के लिए रंगड़ से कोई पन्द्रह-बीस कोस के फासले पर धुरी नाम के एक गांव के एक घर में शरण लेनी पड़ी, यह गांव भी मुसलमानों का था, मगर जिस घर में उसने पनाह ली, वह ब्राह्मणों का था, यह गरीब ब्राह्मण किसान का घर था। एक पति, एक पत्नी, दो लड़कियां–दोनों जवान, बड़ी का नाम कौशिल्या, छोटी का नाम गुलाबा। सरदार खां का दिल खुशी से खिलने लगा, उस वक्त उसने कुछ कहा नहीं, मगर वापस जाकर खुदाबख्श और अल्लादित्ते से इसका ज़िक्र किया, उन्होंने इलाके के नम्बरदार शाहबाज खां से ज़िक्र किया,

अब किस्सा यह दरपेश था कि शादी की बातचीत कैसे चलाई जाए?

न लड़के का बाप ज़िन्दा था न मां, न दूर पार कोई रिश्तेदार बाकी था, लिहाज़ा यह काम अलिआबाद से दस कोस दूर रंगपूर के गांव के 'मौलवी खैरदीन' के सुपुर्द किया गया कि इस शादी के सिलसिले में धुरी गांव का सफर इख्तियार करे और उस ब्राह्मण किसान की बड़ी लड़की के लिए रामदित्ता का पैगाम लेके जाए।

एक बार मौलवी खैरदीन गया, दूसरी बार खुदाबख्श गया, तीसरा बार शहबाज खां नम्बरदार खुद गया, चौथी बार मौलवी खैरदीन और शहबाज खां दोनों रामदित्ता को लेके गए। महीनों की दौड़धूप के बाद ब्राह्मण की बड़ी बेटी कौशिल्या से रामदित्ता की शादी पक्की कर दी गई, और आज वह शादी थी।

उस रात डाक बंगले के लम्बे चौड़े सहन में बड़ी रोशनी थी, ढोल बज रहा था, औरतें गीत गा रही थीं, कोने-कोने में चीड़ की दीनियों के मुट्ठे जल रहे थे। सब बाराती मुसलमान थे, गीत गाने-वाली औरतें मुसलमान थीं। बारात और शादी का सारा इन्तज़ाम एक मुसलमान शहबाज खां नम्बदार ने किया था। सिर्फ दूल्हा-दुलहिन हिन्दू थे और दुलहिन का बाप और उसकी बीवी और दुलहिन की बहिन। अलिआबाद से तीस कोस दूर छल्लपुर के गांव से एक पंडित को बड़ी मुश्किल से इस ब्याह के लिए बुलाया गया था और लड़की के बाप को भी इस बात के लिए राज़ी किया था कि यह शादी डाक बंगले में ही हो।

मगर पंडित ने एक अजब अड़चन डाल दी है, कहता है लड़के का बाप भी मौजूद होना चाहिए, बाप न हो, मां हो, कोई और रिश्तेदार हो, शहबाज खां ने पंडित को बहुत समझाया कि हम लोग जो हैं।

"मगर तुम मुसलमान हो!" पण्डित बोला:

"तुम रामदित्ता के बाप कैसे बन सकते हो?"

सहसा मेरी आमद ने यह किस्सा हल कर दिया।

हालांकि मैं उम्र में रामदित्ता के बराबर था मगर पण्डित ने चन्द लमहे मुझे संदेह की नज़रों से देखकर जब अच्छी तरह से संतोष कर लिया कि मैं हिन्दू हूं, तो उसने मुझे रामदित्ता का बाप स्वीकार कर लिया और ब्याह कराने पर राज़ी हो गया।

शहबाज खां अपनी आंख से आंसू पोंछकर कहने लगा, "बाबू आज मेरा वायदा पूरा हो गया, आज मैंने बरहमन घर की कलम फिर से अलिआबाद में लगा दी।"

ख्याल के स्क्रीन पर बार-बार वह फिल्म दौड़ती है, अलिआबाद के डाक बंगले का सहन मुसलमान बारातियों से भरा हुआ और बीच में वह एक छोटा-सामंडप और एक दुबला-पतला हिन्दू लड़का और एक शरमाती-लजाती ब्राह्मण कन्या! और फिर दूर-दूर मीलों तक कोई उनका अपना निजी जाति का न था और सदियों से न था, और सदियों से इस इलाके के हिन्दू आटे में नमक का मज़ा देते हुए रहते चले आए थे और किसीने उनसे कभी कोई पूछताछ न की थी और वे लोग अपनी ज़िन्दगी, अपनी संस्कृति, अपने धर्म और अपने रस्म व रिवाज के साथ गुज़ारते थे और सर उठा के चलते थे और कभी उन्हें यह महसूस नहीं होने दिया गया कि वे कोई गैर हैं और उनकी ऐसी देख-रेख करनेवाले कोई दूसरे न थे, उनके अपने ही हमसाये मुसलमान किसान थे।

मगर किस तरह के मुसलमान थे वे? मौलवी खैरदीन और शहबाजखां और अल्लादित्ता और किस तरह के हिन्दू थे? गंगाराम और रामदित्ता और वह ब्राह्मण विधवा, जिसने सरदार खां और खुदाबख्श के सुपुर्द अपने ब्राह्मण बेटे की शादी का काम सौंपा था।

वे लोग भी गरीब थे, मूर्ख थे! हाकिमों के ज़ुल्म का शिकार थे, वे लोग अगर चाहते तो एक दिन में इस एक ब्राह्मण घर का सफाया कर सकते थे, फिर वह क्या ताकत थी? वह कौन-सी संस्कृति थी? किस तरह का जज़्बा था? जो उन लोगों को मूर्खता, निर्धनता, अन्याय और धर्म के भेदभाव के होते हुए भी एक-दूसरे से बांधे हुए था? यह रहना-सहना, अमन-चैन से बेधड़क दिन-रात गुज़ारना, कोई एक दिन की बात न थी, यह जज़्बा सदियों में पैदा हुआ था, डोगरा राज और अंग्रेज़ी राज से बहुत पहले पैदा हो चुका था, वह इलाके जहां मुसलमान निन्यानबे प्रतिशत थे और वे इलाके जहां हिन्दू निन्यानबे प्रतिशत थे, दोनों इलाकों के लोग धर्म और जातीयता का भेदभाव रखते हुए भी क्योंकर मिलकर रहते थे? यह केवल कल की बात है, मेरी आंखों-देखी बात है, मैं इसे कैसे भूल जाऊं, कैसे मान लूं कि नाम और धर्म बदलने से कौम और कल्चर भी बदल जाते हैं? मैंने इस मिली-जुली हिन्दोस्तानी संस्कृति को सभ्यता और नागरिकता के केन्द्र से बहुत दूर पहाड़ी देहात में ज़िन्दा देखा है।

मैं कह नहीं सकता, वहां आज क्या हालत है? गंगाराम का बेटा रामदित्ता अपने बीवी-बच्चों के साथ अलिआबाद के डाक बंगले में है कि किसी साम्प्रदायिक फसाद में मारा गया,या किसी पाकिस्तानी हमले में से भागकर कहीं चला गया? मैं उसके बारे में कुछ नहीं जानता।

मगर मेरी निगाहें उसे आज भी अलिआबाद के डाक बंगले में ही ढूंढ़ती हैं, मेरी नज़रों में आज भी अलिआबाद के डाक बंगले में उस ब्राह्मणपुत्र का होना उतना ही ज़रूरी है जितना यह ज़रूरी है कि दिल्ली की जामा मस्जिद हमेशा नमाज़ियों से भरी रहे।

4

मैं एक शहर था–पुंछ

पुंछ के दिन मेरे बहते पानी के दिन थे, और सूर्यमुखी के फूल की तरह सूर्य के चारों ओर प्रदक्षिणा करने के दिन थे, मैं एक ज़मीन, एक शहर, एक नक्षत्र था, जो प्रसन्नता के चारों ओर चक्कर लगाता था, मेरे वह दिन खुले नीले आकाश में सुफेद बादलों की तरह गुज़र गए, वह घड़ियां आज भी याद के किसी ऊंचे भूरे टीले पर क्षणों की लम्बी-लम्बी डंडियों पर नर्गिसी फूलों की तरह झुकी हुई मुझे तकती हैं।

कितने ही रास्ते मेरे दिल में हैं, जो पुंछ की वादी को जाते हैं,। कभी उत्तर, कभी पूर्व, कभी दक्षिण, कभी पश्चिम, जिधर ही चलता हूं पुंछ पहुंच जाता हूं। बड़े टेढ़े-मेढ़े कोहस्तानी कठिन रास्ते हैं, मगर जिधर से भी जाओ, जब पुंछ करीब आता है, तो दिल के दरवाज़े खुलने लगते हैं, पहाड़ फटने लगते हैं। एक तरफ से बेताड़ का दरिया आता है अलिआबाद की तरफ से, दूसरी तरफ से पुंछ का दरिया। जिस वादी में उन दोनों दरियाओं का संगम है, वहीं पर पुंछ का शहर है। कहते हैं पिछले ज़माने में एक राजा पुन्नश था, उसने सबसे पहले इस वादी में शहर बसाया, उसीके नाम पर इसे पुन्नश नगरी कहा गया, बाद में बिगड़कर पुन्नश का पुन्नछ और पुन्नछ से पुंछ हो गया, पंजाब और श्रीनगर से आनेवाले लोग इस नगरी के नाम का बहुत मज़ाक उड़ाते हैं, मुझे बहुत बुरा लगता है और मैं अक्सर उनसे लड़ पड़ता हूं, मगर दिल में कायल भी हूं, सचमुच इस छोटे-से सुन्दर

नगर का नाम बिगाड़ना नहीं चाहिए था, पुन्नश नगर ही रहता तो कितना अच्छा होता, मगर चीज़ें बिगड़ती हैं और बदलती हैं, यह मुझे उस समय मालूम न था। गत पचास वर्षों में यह शहर कितना बिगड़ा और बदला है, मैं आपको बताना नहीं चाहता, क्योंकि मैंने आज तक अपनी मां के चेहरे की झुर्रियां नहीं गिनीं, बहुधा समय तो मुझे वह झुर्रियां नज़र भी नहीं आती हैं, फिर अपने शहर के बिगड़ने का हाल कैसे बताऊंगा?

यादों की भीड़ लगी है, गुज़री हुई बातों के रेले आते हैं और मुझे ढकेलते हुए चले जाते हैं, कहीं बह न जाऊं, मुझे ख्याल रखना पड़ेगा और चुनना पड़ेगा और एक हार में पिरोना पड़ेगा, मगर वह सब एकसाथ मुझपर हल्ला बोलते हैं, इस कागज़ के छोटे-से पृष्ठ में आने के लिए व्याकुल हैं, वह तीस हज़ार चेहरे उस शहर के! मैं उन ही में से हरएक को निजी तौर पर जानता हूं,क्या इतने लोगों को निजी तौर पर जानना सम्भव है? बम्बई में मुझे रहते हुए बीस साल हो गए, इन बीस सालों में मैं अच्छी तरह से बीस आदमियों को भी पहचान नहीं पाया, मगर उस शहर के बच्चे-बच्चे और गली-गली और घर-घर से मैं परिचित हूं? अच्छी तरह से परिचित हूं। यादों की इस स्केच-बुक में प्रत्येक चेहरा एक किताब है, एक पात्र है, एक कहानी है, एक उपन्यास है, मैं उन्हें बयान ही नहीं कर सकता, वह सब मेरे दोस्त हैं, एक का हाथ पकड़ता हूं तो दूसरा फौरन मेरे मन में आकर कहता है, मुझे भूल गए? भरी बहार की दोपहर में जब हरी-हरी डालियों से लम्बे-लम्बे सुनहरी शहतूत के झुमके लटक रहे थे और हम और तुम दोनों शहतूत खाते-खाते एक-दूसरे से लड़ पड़े थे और मैंने तुम्हें नीचे गिराकर तुम्हारी पीठ में दो घूंसे मारे थे, मैं वही ठाकुर चमकसिंह हूं और डुंगास को जानेवाली खेतों के किनारे सन की लम्बी झाड़ियों

में गुथे हुए ब्लूबेल के फूलों से भरी बाढ़ से लगी पगडण्डी पर रुक-रुककर चलने वाले और मुड़-मुड़ पीछे देखनेवाले कदम तुम भूल गए? जिन कदमों की खातिर तुम अपने बंगले से दो मील दूर डुंगस के चश्मे पर नहाने के लिए जाया करते थे, दो साल तक जाते रहे और कभी तुमने उन कदमों को रोककर न पूछा, तुम्हारा नाम क्या है? तुम्हारे हुस्न का मज़हब क्या है? तुम जो हर रोज़ डुंगस के चश्मे पर उस समय पानी लेने जाती हो और प्रतीक्षा में रहती हो कि कब मैं आऊं और अपने हाथों से भरे पानी का घड़ा उठाकर तुम्हारे सर पर रखूं और कोई बात भी न करूं, बस चुपचाप तकता रहूं और गीले घड़े की मिट्टी से पानी रिस-रिसकर तुम्हारे गुलाबी गालों पर बहता रहे और तुम निगाहें नीची करके चली जाओ और डुंगस के चश्मे के किनारे पन्द्रह-बीस नहानेवाले सब सन्न हो जाएं, यह सोचकर कि क्यों मैंने तुमसे और तुमने मुझसे आज तक कोई बात नहीं की, बात करने की कोशिश भी नहीं की, फिर यह रिश्ता किस किस्म का है? उसका नाम क्या है? उसका धर्म क्या है? यह कौन-से देश से आया है, फिर कौन मुझे बताएगा कि दो साल के बाद जब मुझे उस सुनहरे बदन की लहराती छाया उस पगडण्डी पर दिखाई न दी तो मैंने अपना रास्ता ही बदल दिया। डुंगस के चश्मे पर नहाना भी छोड़ दिया, मगर अब भी वह रास्ता लहराता है मेरी याद में; और तुम उसी तरह खाली घड़ा उठाए मुड़-मुड़ पीछे मेरी तरफ देखते हुए चली जा रही हो। हां, मैं आ तो रहा हूं तुम्हारे पीछे; पचास वर्ष बाद भी कितनी दूर से ज़िन्दगी के कितने तेज़ और तुन्द, तारीक और तलख दिन की उजाड़ और दुखी वादियों से गुज़रकर अपनी टूटी नसल के अपूर्ण स्वप्नों का भारी बोझ अपने सर पर उठाए तुम्हारे पीछे-पीछे आ रहा हूं, तुमसे सिर्फ यह कहने के लिए कि अच्छा हुआ, मैंने तुमसे

कभी तुम्हारा नाम नहीं पूछा, तुम्हें अपनी दुनिया में नहीं ले गया, वर्ना वह लोग तुम्हारी सुन्दरता का कोई नाम रखते, उसे कोई मज़हब देते, उसकी कोई कीमत लगाते, उसपर कोई लेबिल चिपकाते और इस तरह तुम्हारे गिर्द इतनी ऊंची-ऊंची दीवारें उठाते कि तुम उनमें घिरकर मर जातीं। बस, इसी तरह हर जगह खूबसूरती मरती है और इसी तरह मौत सबको आती है और इसीलिए मैं तुम्हारे मुतल्लिक ज़्यादा नहीं लिखूंगा, क्योंकि लिखते तो हम उन लोगों के लिए हैं, जो बदलते हैं, बिगड़ते हैं, बुड्ढे होते हैं और मर जाते हैं। तुम तो नूर की किरण हो,ख्याल की हसरत हो, हुस्न का वह अक्से रंगीन हो जिसके दीदार के खातिर पगडण्डियां पहाड़ों पर चलती हैं, और पानी चश्मों में मौजूद रहता है। मैं तुम्हें कोई नाम नहीं दूंगा, तुम्हारा ज़िक्र तक नहीं करूंगा।

खूबसूरत रोम सात टीलों पर आबाद है, तो पुंछ बारह टीलों पर, शायद इसीलिए वह मुझे रोम से खूबसूरत मालूम होता है। एक टीले पर पुंछ का पुराना किला है, दूसरे टीले पर पुंछ के शाही महल हैं, तीसरे टीले पर वज़ीर वज़ारत की कोठी है, चौथे टीले पर फौज का परेड ग्राउण्ड है, पांचवें टीले पर सरकारी अस्पताल की इमारतें और बागात हैं, छठे टीले पर अदालतें और दरबार हाल है, सातवें टीले पर पोलोग्राउण्ड था, जिसे बराबर करके एयरपोर्ट बना दिया गया, आठवें टीले पर खोड़ीनाड़ का नगरांचल है, नवें टीले पर शहर का बीच का हिस्सा है, तीन तरफ से बाज़ार ढलानों से शुरू होते हैं और ऊंचे होते जाते हैं और जहां जाके यह तीनों बाज़ार मिल जाते हैं, वह शहर का केन्द्र है। दसवें टीले पर किसी ज़माने में रेज़ीडेन्सी थी, अब वहां पर बड़े-बड़े हाकिमों के बंगले हैं। ग्यारहवें टीले पर बिजली पैदा करने के लिए पानी का तालाब है। बारहवें टीले पर फव्वारा बाग है, याने एक

बहुत ही छाटे पैमाने पर कश्मीर के शालामार बाग की नकल और इस फव्वारा बाग के तीन तरफ फैले हुए और बाग भी हैं। लूकाट, अनार और नाशपातियों के बाग चेरी, प्लम और विलायती आड़ू के बाग और जहां पर यह बागात खत्म होते हैं, वहां पर हमारे स्कूल का प्लेग्राउण्ड है। हमारा स्कूल शहर के बीचोंबीच, लेकिन प्लेग्राउण्ड शहर से बाहर बागात के किनारे है। और यूं तो मैंने अपने जीवन में बड़े उम्दा प्लेग्राउण्ड देखे हैं, लेकिन ऐसा खूबसूरत प्लेग्राउण्ड ज़िन्दगी में कहीं नहीं देखा। इस प्लेग्राउण्ड में कोई घास नहीं उगाता था, वह खुदबखुद उगती थी और बेहद बढ़िया, चिकनी नर्म और मुलायम घास थी,जिसपर हम लोट लगाते-लगाते एक सिरे से दूसरे सिरे तक निकल जाते थे, कोई उस घास को पानी नहीं देता था और उस प्लेग्राउण्ड के दो तरफ चील के ऊंचे-ऊंचे दरख्त थे और दूर उत्तर दिशा की ओर बर्फीली चोटियां खेलते हुए बच्चों पर मुस्कराती और हंसती हुई नज़र आती थीं और एक तरफ मैदान के किसी पहाड़ी चश्मे की कल बहती थी। प्लेग्राउण्ड में खेलते-खेलतेहम गर्दन ऊंची करके एक क्षण के लिए दूर पहाड़ों की बर्फ देख लेते। हिमालय की ऊंची चोटियों को देख लेते, दूसरे ही पल में प्यास ज़ोर की लगती, तो खेल छोड़कर तेज़ी से मैदान के बाहर भागकर बहती हुई कूल की हरियाली पर लेट के, कूल में मुंह डालकर पानी पीते और प्यास बुझाकर फिर प्लेग्राउण्ड में भागते-भागते चले जाते और नया खेल शुरू कर देते। आज भी मेरे दिल के अन्दर उस हरियाली की बहुतायत है। परिस्थितियों और दुर्घटनाओं की तेज़ हवाएं भी उस बहुत ही हरी दूब की हरियाली को खुश्क नहीं कर सकीं। वह कूल अभी तक मेरी ज़िन्दगी के किनारे-किनारे गुनगुनाती बहती है, अपने बहुत-से खुश्क लमहों की प्यास मैंने उसी पानी से बुझाई है, मां के सुफेद आंचल की तरह चमकनेवाली बर्फ

पोश हिमालय की चोटियों ने मुझे जो सुकून व शान्ति और गर्व दिया है, उसे दुनिया की बड़ी से बड़ी क्रूरता भी नहीं हटा सकी, वह लोग जिन्होंने जीवन में मेरी खिल्ली उड़ाना चाहा, जिन्होंने मुझे अकेला कर देना चाहा, कभी यह जान न सके, कि मैंने तो पहाड़ों से दोस्ती की है, मैंने बर्फ को चूमा है और मैं बहते पानी के साथ घूमा हूं, वह मुझे क्या जानेंगे जिन्होंने केवल दीवारों से प्यार किया है, मेरे ज़िहन में आज भी मेरे बचपन की याद मलाई की एक मोटी तह की तरह जमी हुई है। खुशियों-भरा घर, मुहब्बत करनेवाले मां-बाप, हसीन खेलण्डरे दोस्त, निश्चिन्त वातावरण, खुला आकाश और धरती, हरी दूब वाली। पता नहीं, लोग आगे आनेवाली मुसीबतों को क्यों नहीं झेल पाते, अगर अच्छा बचपन मिले तो बहुत कुछ झेला जा सकता है और बहुत कुछ मुआफ किया जा सकता है।

'एक था राजा...' ऐसे मेरी मां मुझे सुलाने की खातिर पंजाब के मैदानों में कहानी शुरू करती थी, मगर कश्मीर से पहाड़ों में आकर मैंने अपनी आंखों से राजा को देख लिया। अगर मैं यह कहूं कि देखते ही मुझे राजाजी से नफरत हो गई, तो यह बहुत गलत बात होगी, जिस राजा का किला हो और वह दरबार हाल में बैठा हो एक ऊंचे तख्त पर और जिसने चमकीला लिबास पहन रखा हो और पगड़ी में एक अमूल्य कलगी भी लगा रखी हो, उसे कोई बच्चा कैसे नापसन्द कर सकता है? सुना है कश्मीर का यह हिस्सा राजा मोतीसिंह ने फतह किया था। जब मैं बच्चा था, तो इस इलाके पर राजा बल्देवसिंह की हुकूमत थी, उसका मुंह शेर का सा था और उसका क्रोध, प्रभाव और आतंक भी शेर का सा था और सब लोग उससे थर-थर कांपते थे और सुनते हैं कि रेज़ीडेण्ट भी उससे डरता था और स्वयं महाराज कुमार हरीसिंह उससे

मशविरा करने के लिए पुंछ आते थे। वह पुराने ढंग का कठोर, हट्टा-कट्टा, स्वस्थ फौजी टाइप का डोगरा राजपूत था, जो हर समय घोड़े पर सवार अपने इलाके का चक्कर लगाता रहता था, कश्मीर से अपनी अमलदारी अलग करने के लिए उसने रेज़ीडेन्सी की एक शाख अपनी राजधानी में खुलवा ली थी, वह अपने सब हाकिम पंजाब से भर्ती करता था और उसके युग में कश्मीर दरबार का एक वकील उसके दरबार में राजदूत की हैसियत से मौजूद रहता था, जिसकी बेइज़्ज़ती वह कदम-कदम पर करता रहता था, उसे देखकर कुछ-कुछ अन्दाज़ा किया जा सकता था कि वह कैसे लोग होंगे जिन्होंने इस इलाके को फतह किया होगा। मुझे उससे बड़ा डर लगता था, मगर दिल ही दिल में मेरा बचकाना दिल रोब खाता था और उसका कायल भी था। मगर वह ज़्यादा दिन नहीं जिया, मेरे आने के कुछ साल बाद मर गया और उसके बाद उसका बेटा सुखदेवसिंह गद्दी पर बैठा और मेरी नज़र में बस वह राजा था, मेरी कहानियों का राजा, ख़ूबसूरत, उदार नौजवान सुन्दरता का पुजारी, चंचल और पराक्रमी! बल्देवसिंह से लोग डरते थे, उसको टैक्स देते थे, मगर मजबूर होकर। मगर सुखदेवसिंह ने जनता के दिलों और जेबों पर राज किया, मैंने अपनी आंखों से देखा है कि वह उसकी हर फिज़ूलखर्ची मुआफ करने के लिए तैयार रहते थे, शायद कुछ ऐसी बात थी कि लोग उसे अपना राजा भी कहते थे और अपना बेटा भी। सुखदेवसिंह बस थोड़े समय के लिए एल्काश्म की तरह जिया, उसकी मुस्कान बड़ी खतरनाक थी। मौत ने बहुत जल्द उसे उठा लिया, मेरा ख्याल है मौत भी ऐसे लोगों से मुहब्बत करती है। सुखदेवसिंह के बाद उसका छोटा भाई तख्त पर बैठा, वह एक बेहद शरीफ सरल और सभ्य व्यक्ति था, वही इस खानदान का अन्तिम राजा भी था, शायद आजकल देहरादून में है कहीं, दूसरे राजाओं के

युग के साथ-साथ उसका युग भी बीत गया।

शुरू-शुरू में मुझे राजाओं का युग बहुत अच्छा लगा था, मां की सुनाई हुई कहानियों की तरह, इस जागीरदारी सामन्तशाही की पहली रूप-रेखा मुझे बहुत भली लगी थी, इसका दूसरा चेहरा आहिस्ता-आहिस्ता मेरी नज़रों के सामने आया, बचपन से जवानी तक हौले-हौले, एक-एक करके वह तमाम नक्श उजागर होते गए, जिनसे उस जीवन-व्यवस्था का दूसरा रूप बनता है और जो मेरी अक्सर कहानियों में बड़ी अधिकता से मौजूद है, लेकिन जिस चीज़ ने मुझे सबसे पहले उस व्यवस्था की अमा नवीयता का परिचय दिया, वह एक बिलकुल निजी घटना है। मुझे पिताजी अपने साथ शाही महल में ले गए थे, और राजा बलदेवसिंह को देखने गए थे, जो बहुत बीमार थे। मैं महल के किसी दूसरे हिस्से में खेलने लगा था, मेरे साथ खेलनेवालों में दो राजकुमार थे, एक शाही बावर्ची का बेटा था और दो-तीन और लड़के थे जो राजकुमारों के करीबी रिश्तेदार थे। वह लोग अपनी-अपनी चीजें दिखा रहे थे एक-दूसरे को, और शाही बावर्ची के बेटे ने बड़े उम्दा-उम्दा पत्थर दिखाए, जो वह बेताड़ के दरिया के किनारे से चुन के लाया था। राजकुमारों के एक चचेरे भाई ने अपनी जेब से कांच के नये स्टाइल के कंधे दिखाए जो उसने श्रीनगर से मंगाये थे और यह कहने की क्या ज़रूरत है कि आखिर में एक राजकुमार ने अपनी चीज़ें दिखाकर हम सबको चकित कर दिया, उसके पास एक जेबी घड़ी थी, जो गीत गाती थी।

आखिर में उन सब लोगों ने मेरी ओर ध्यान दिया, "डाक्टर के बेटे तुम्हारे पास क्या है दिखाने को?"

"कुछ नहीं है!" मैंने किसी कदर झेंपकर कहा।

"कुछ तो होगा?" बावर्ची का बेटा बोला, "जेब टटोलकर

दिखाओ!"

मैंने अपनी जेब टटोलकर डरते-डरते अपना वज़ीराबादी चाकू निकाला, वज़ीराबाद के चाकू उस ज़माने में बहुत मशहूर थे। मैं उस चाकू को अपने वतन वज़ीराबाद ही से लाया था, उसकी हत्थी हाथीदांत की थी और उसके फल तीन थे, जो एक स्प्रिंग दबाने से बारी-बारी खुलते थे, यह वह चाकू था, जो मुझे ज़िन्दगी से अधिक प्यारा था, मेरे बाप ने मुझे दीवाली पर तोहफे में दिया था।

मैंने जब अपना सुफेद हाथीदांत का चाकू जेब से निकाला और उसके खुफिया स्प्रिंग को दबाकर उसके फल दिखाए, तो दोनों राजकुमार चकित हो गए। एक राजकुमार से रहा नहीं गया, उसने चाकू मेरे हाथ से छीनकर अपनी जेब में डाल लिया और बोला, "इसे हम रखेंगे।"

दूसरा राजकुमार उससे लड़ने लगा, "वाह तुम क्यों रखोगे, इसे तो मैं लूंगा, मैं तुमसे बड़ा राजकुमार हूं।"

मैं दोनों राजकुमारों से उलझ पड़ा, "वाह जी वाह! चाकू तो मेरा है, तुम क्यों लोगे? मैं नहीं दूंगा अपना चाकू! वापस करो मेरा चाकू।"

"नहीं करते वापस, तुम्हारा चाकू तो अब हमारा है..."

मैंने धर के एक चांटा मारा, उस राजकुमार को जिसने मेरा चाकू लिया था। फौरन बाकी लड़के मुझपर पिल पड़े, मार-मार के उन्होंने मुझे ढेर कर दिया। मेरे सारे कपड़े फट गए, मैं ज़ोर-ज़ोर से रोने लगा। मेरा रोना सुनकर मेरे पिताजी भी मेरे पास पहुंच गए, उन्हें देखकर मैंने और भी ज़ोर से रोना शुरू किया और अपना चाकू चिल्ला-चिल्ला के मांगने लगा। जब पिताजी ने सारी दास्तान सुनी, तो उन्होंने भी मुझे मारा और कस के मारा और सबके सामने मारा।

"बदमाश! राजकुमार पर हाथ उठाता है।"

"हां, इसने मेरा चाकू जो छीन लिया है, पिताजी इससे कहिए मेरा चाकू दे दे।"

सारांश यह कि वह चाकू मुझे नहीं मिला, यह तो मुझे बहुत बाद में मालूम हुआ कि यह लोग इसी तरह करते हैं, सुफेद हत्थीवाला चाकू हो, कोई सुन्दर बाला हो, उपजाऊ भूमि का टुकड़ा हो, सब इस तरह हथियाते हैं और फिर वापस नहीं करते हैं, इसी तरह तो जागीरदारी चलती है, मगर अच्छा नहीं किया उन लोगों ने एक छोटे-से दो आने के चाकू के लिए मुझे अपना दुश्मन बना लिया। वह सुफेद चाकू आज तक मेरे दिल में खुबा हुआ है, एक तरह से आज तक मैंने जो कुछ लिखा है, उसे सुफेद चाकू को वापस लेने के लिए लिखा है।

किस तरह कभी कोई एक छोटी-सी बात ज़िन्दगी की धारा को बदल देती है, अगर वह लोग मेरा चाकू मेरे हाथ से न छीनते, तो यह कलम मेरे हाथ में कैसे आता? शायद फिर मैं भी किसी राजकुमार का दरबारी होता, एक मोटा, भद्दा, ज़ालिम हाकिम या परप्शन का चमकाया हुआ एक अस्वाभाविक ठेकेदार, या अंग्रेज़ों का खुशामदी पिट्ठू, या अंग्रेज़ों के बाद हर आनेवाली हुकूमत का मस्केबाज़। ज़िन्दगी कितनी अच्छी गुज़रती, कितने आराम से गुज़रती, रुपया होता, डायबटीज होती, मकान होता, बवासीर होती, इज़्ज़त होती, लोग पीठ पीछे गाली देते, अफसोस उन लोगों ने मुझसे बड़ा धोखा किया, मेरा चाकू मुझसे छीन लिया और मुझे तंगदस्ती के रास्ते पर डाल दिया।

5

स्लो-बाउलिंग से फास्ट-बाउलिंग तक

स्कूल के ज़माने में मेरा एक दोस्त था, अलीमुहम्मद, वह सूबेदार मेजर जानमुहम्मद खां का बेटा था और तहसील पुलन्दरी से यहां राजधानी में पढ़ने के लिए आया था, तहसील पुलन्दरी में अधिकांश सूदन कबीले के व्यक्ति रहते हैं, यह कबीला इन्तहाई जंगजू सरकश और अहंवादी हैं, आम तौर पर मैंने सुन्दरता की अधिकता जितनी इस कबीले के लोगों में देखी है, दुनिया के और किसी हिस्से में नहीं देखी, स्वस्थ परिश्रमी सुन्दर सांचे में ढले हुए जिस्म, क्या मर्द क्या औरतें सभी सुन्दर और तन्दुरुस्त, मोहक चेहरे, दिलेर, स्वाभिमानी। पुंछ का यह इलाका डोगरों ने सबसे आखिर में फतह किया था और अलीमुहम्मद बड़े फख्र से बयान करता है कि जब तक राजा मोतीसिंह ने एलान नहीं किया कि जो फौजी एक सूदन का सर काट के लाएगा, उसे बीस रुपये इनाम में दिए जाएंगे, उससे पहले यह इलाका फतह नहीं हो सका। सूदन कबीले की शुरुआत क्या है, यह मैं ठीक से नहीं जानता, इतना जानता हूं, कि इसी कबीले और इसी तरह की शक्ल व सूरत वाले लोग रावलपिंडी और पोठोहार के इलाके में भी पाए जाते हैं (भारत-बटवारे से पहले) मगर वह सूदन सब हिन्दू थे और अपने-आपको जंगजू ब्राह्मणों अर्थात् परशुराम की संतान में से मानते थे, मगर पुलन्दरी के सूदन सब मुसलमान हो चुके हैं और अब उनका रावलपिंडी के सूदनों से कोई नाता-रिश्ता नहीं है। पहले महायुद्ध में सबसे अधिक

भर्ती हिन्दोस्तान में पुंछ के इलाके में भी तहसील पुलन्दरी के सूदनों का नम्बर सबसे अव्वल रहा था, हर घर ने एक या दो सिपाही दिए थे और युद्ध खत्म होने के बाद यह लोग हवलदार या सूबेदार, या सूबेदार मेजर बल्कि दो-एक लैफ्टिनेंट तक होकर लौट थे, इसलिए पहली जंग अजीम के बाद सूदनों की निजी और व्यक्तिगत प्रतिष्ठा और भी मज़बूत हो चली थी।

अलीमुहम्मद पढ़ाई के मैदान में कोरा था, लेकिन खेल के मैदान में सूदनों की तरह अपने जौहर दिखाता था, दौड़ने में अव्वल रहता था, हाकी की टीम का कप्तान था, फुटबाल का भी बढ़िया खिलाड़ी था, क्रिकेट की 'ए' टीम में भी आ गया था, खेल के मैदान में हर जगह उसका मुकाबला ठाकुर रणधीरसिंह और उसके चारों भाइयों से होता था, उन ठाकुरों को हम पांच पांडव कहा करते थे, यह दूर पार से राजाजी के रिश्तेदार होते थे, सीधे-सादे, अक्खड़ डोगरे ठाकुर थे, लिखने-पढ़ने में अलीमुहम्मद से भी निखद थे और हर साल राजाजी की सिफारिश से पास किए जाते थे, आठवीं क्लास तक तो ऐसे ही पास किए जाते रहे, नवीं क्लास में हेडमास्टर हरिचरणदास ने उन ठाकुर बच्चों को पास करने से इन्कार कर दिया, नतीजे में राजा साहब ने उसे चौबीस घण्टे के अन्दर रियासत से बाहर निकल जाने का हुक्म दे दिया, रियासत बदर (देशनिकाला) ऐसे ही मौकों के लिए इस्तेमाल होती थी। जिस पंजाबी हाकिम से राजा जी नाराज़ हुए थे, उसे देशनिकाले का हुक्म देते थे। हेडमास्टर हरिचणदास के जाने के बाद स्कूल का हेडमास्टर एक रियासती बाशिन्दे को बनाया गया, जिसने हाल में ही बी० ए०, बी० टी० किया था, उसका नाम था मुहम्मद रहमत खां। मेरा एक और दोस्त था, अब्दुल्ला (शेख अब्दुल्ला नहीं) उसकी बहन से हेडमास्टर की शादी हुई थी। मैं, अब्दुल्ला और अलीमुहम्मद हम तीनों

का तिगड्डम था।

दिल ही दिल में अलीमुहम्मद की ठाकुरज़ादों से लगती थी। वह किसी तरह से यह बर्दाश्त नहीं कर सकता था कि डोगरे ठाकुर उसके मुल्क पर हुकूमत करते हैं, इसका विरोध वह खेल के मैदान में इस तरह करता था कि हर समय अपने-आपको उनसे हर खेल में आगे साबित करे, इस कोशिश में वह कभी कामयाब होता था, कभी नहीं भी होता था, क्योंकि कुश्ती में ठाकुर रणधीरसिंह हर बार उसे पीट देता था, मगर दौड़ में अलीमुहम्मद से कोई जीत नहीं सकता था, लेकिन जिस दिन वह हाकी का कप्तान चुना गया, उस दिन उसकी खुशी देखने लायक थी। मैं सूदन हूं सूदन, सब ठाकुरों को दिखा दूंगा, हम किसीसे कम नहीं हैं, मेरा बाप सूबेदार मेजर है, उसने मैदान जंग में छाती पर गोलियां खाई हैं, हम सूदन मुसलमान किसीके गुलाम बन के नहीं रह सकते, हम सबको दिखा देंगे। वह धमकी-भरे स्वर में मुझसे बातचीत करता-करता गुस्से से लाल हो जाता, उसके मुंह से झाग बहने लगता और फिर वह दोनों हाथों से अपने सर को पकड़कर प्लेग्राउण्ड से बाहर चला जाता और ठंडी कूल के पानी में अपने सर को गोते देने लगता। बहुत जल्द हम लोगों ने उसका नाम अलीमुहम्मद झल्ला रख दिया। मैं ठाकुरपुत्रों का भी मित्र था और अलीमुहम्मद का भी, इसलिए अक्सर बीच-बचाव करता रहता था, मेरा दूसरा दोस्त अब्दुल्ला बिलकुल अलीमुहम्मद की ज़िद था, उसे न लिखने-पढ़ने का शौक था, न खेल-कूद का। मगर वह बड़ा अच्छा घुड़सवार था और बहुत उम्दा गाता था और तबला बहुत अच्छा बजाता था और बेहद हुस्नपरस्त था। खूबसूरत औरतों पर उसकी जान जाती थी, दिन में दो-चार घण्टे जब तक वह औरतों की खूबसूरती पर अश्लीलता से बहस न कर ले उसे चैन नहीं आता था, अब्दुल्ला बातूनी भी बेहद था और

इस कदर स्वाभिमानता उसमें थी कि जब चाहे, जिसको चाहे अपना दोस्त बना सकता है, एक दफा मैंने उससे शर्त बद ली, कि वह पुंछ के बाज़ार में हरएक दूकानदार से बात करके दिखा देगा, उस दिन हम फ़ौजी परेड ग्राउंड के बगल के बाज़ार से शुरू हुए, सबसे पहली दूकान आतिशबाज़ी बनानेवाले गुलाम बट की थी। उससे सलाम-दुआ करके अब्दुल्ला जो चला है, तो रास्ते में हरएक दूकानदार से हंसी-मज़ाक के दो बोल बोलता हुआ दुडुन्नी बाज़ार के उस तरफ पहुंच गया, जहां शाही किला है। पूरा सफर उसने तीन घंटे में किया, मुझसे दो रुपये जीत लिए। बड़ों के लिए यह कोई मुश्किल बात न होगी, लेकिन स्कूल के लड़के के लिए ऐसा कर दिखाना बड़ी बात है। अलीमुहम्मद तो आश्चर्य में डूबा था, क्योंकि वह तो बिना लड़ाई किए किसीसे बात ही नहीं कर सकता था।

फिर एक दिन अलीमुहम्मद ठाकुरपुत्रों के विरोध के बावजूद स्कूल की सबसे बड़ी क्रिकेट-टीम का कप्तान भी चुन लिया गया, वह समां देखने के लायक था। अलीमुहम्मद झल्ला ने अपने मोटे-मोटे चप्पल उतार दिए और अपनी लम्बीपांयचों वाली घेरेदार सलवार को टखनों से ऊपर उठाकर वहीं प्लेग्राउण्ड में मारे खुशी के नाचने लगा और मुंह से वहशी जानवरों की सी बोलियां निकालने लगा, बिलकुल झल्ला था अलीमुहम्मद अपना, उसकी सलवार हवा से भर गई थी और उसके दोनों बाज़ू खुले थे और वह हवा में चकरियां भरता हुआ नाचता जा रहा था, और ठाकुरपुत्र दांत किटकिटाते हुए उसे गुस्से से घूर रहे थे।

इस घटना के सात दिन बाद हेडमास्टर ने एलान किया कि इस्लामिया हाईस्कूल की सालगिरह करीब आ रही है, इस मौके पर हमेशा विक्टोरिया जुबली हाईस्कूल और इस्लामिया हाईस्कूल में

क्रिकेट का सालाना मैच होता था। अली मुहम्मद को हुक्म दे दिया गया कि वह इस मौके के लिए अपनी टीम को ठीक तरह से तैयार रखे, अलीमुहम्मद कुछ बोला नहीं।

सारी रियासत में सिर्फ दो हाईस्कूल थे, एक तो विक्टोरिया ज़ुबली हाईस्कूल जहां हर धर्म और जाति के लड़के पढ़ते थे, दूसरा इस्लामिया हाईस्कूल, जहां सिर्फ मुसलमान बच्चे तालीम पाते थे। दोनों स्कूलों में हमेशा तनातनी रहती थी और हर साल इस्लामिया हाईस्कूल अपनी सालगिरह बड़ी गर्मजोशी से मनाता था, जिसमें आम तौर पर पंजाब से बड़े जोशीले वक्ता तलब किए जाते। इस साल की सालगिरह पर मशहूर वक्ता अताउल्ला शाह बुखारी को दावत दी गई थी। मैंने ज़िन्दगी में पहली बार अताउल्ला शाह बुखारी को पुंछ के इस छोटे-से स्टेज पर बोलते सुना, उस समय उन्होंने क्या कहा, वह तो मुझे याद नहीं, शायद मैं उसे समझने की शक्ति भी नहीं रखता था उस वक्त। लेकिन इस घटना के बहुत साल बाद मैंने लाहौर के मोची दरवाज़े के बाहर अताउल्ला शाह बुखारी का एक भाषण सुना था, जो आज तक मुझे याद है। मोची दरवाज़ा मुस्लिम लीग का गढ़ था, सारा पंडाल गांधी मुर्दाबाद और जिन्ना ज़िन्दाबाद के नारों से गूंज रहा था। जब अताउल्ला शाह बुखारी स्टेज पर तशरीफ लाए, सारा मजमा अताउल्ला शाह बुखारी को एक मशहूर कांग्रेसी नेता, एक अहरारी लीडर और आग लगा देनेवाले वक्ता की हैसियत से जानता था, मगर उन दिनों मुस्लिम लीग का बोलबाला था, कोई आदमी उस मजमे में से अताउल्ला शाह बुखारी की तकरीर सुनने के लिए तैयार न था। हौले-हौले निहायत चालाकी और होशियारी से अताउल्ला शाह बुखारी ने अपनी तकरीर शुरू की और एक घंटे के बाद जब अपनी तकरीर खत्म की तो मुसलमानों का सारा मजमा गांधी ज़िन्दाबाद और जिन्ना

मुर्दाबाद के नारे लगा रहा था। उस समय अगर बुखारी साहब चाहते तो फिर उलट भी नारे लगवा सकते थे। मैंने ऐसे जादू बयान वक्ता अपनी ज़िन्दगी में कम देखे हैं, जो श्रोतागणों के दिल को मोम की तरह नर्म करके अपनी मुट्ठी में लेकर जिधर चाहे ढाल सकते हैं और सही या गलत हर बात उनसे उसी समय मनवा सकते हैं, उस दिन मुझे मालूम हुआ कि भाष्यकला भी एक खतरनाक आर्ट है।

सालगिरह के दूसरे दिन क्रिकेट मैच शुरू हुआ, रात को अलीमुहम्मद परेशानहाल भागा-भागा मेरे पास आया और बहुत व्याकुल और बेचैन मालूम होता था। मेरे पूछने पर पहले उसने कुछ नहीं बताया, बस बेचैनी से मेरे कमरे में टहलता रहा और बार-बार अपनी कनपटी के बालों को पकड़कर खींचता था।

"बात क्या है?"

"तुमने अताउल्लाशाह बुखारी की तकरीर सुनी थी?"

"मैं तो सुनता ही हूं, हैरत है तुमने भी सुन ली।"

"क्या कहा था उसने?"

"मुझे याद नहीं, बहुत-से मज़हबी हवाले थे, जो मेरी समझ में नहीं आए।"

"इस तकरीर ने मेरे दिल में आग लगा दी है।"

"आग तो हमेशा से तुम्हारे दिल में लगी रहती है।"

"नहीं मैं अपने मुसलमान भाइयों के खिलाफ नहीं लड़ सकता।"

"यह लड़ाई नहीं है, मैच है।

"मैं क्रिकेट टीम की कप्तानी से इस्तीफा देता हूं, यह तुम हिन्दुओं की साज़िश है, मुझे कप्तान बनाकर तुम मुझे मेरे मुसलमान भाइयां के खिलाफ लड़ाना चाहते हो।"

"यह साज़िश नहीं है अलीमुहम्मद! पिछले दस साल से क्रिकेट टीम का कप्तान कोई मुसलमान नहीं रहा।"

"वह भी साज़िश थी।"

"यानी कप्तान मुसलमान न हो तो भी साज़िश और न हो तो भी साज़िश!"

"तुमने मेरे हक में वोटिंग कराके मुझे नाहक फंसा दिया, मेरा इस खेल में दिल नहीं है।"

"तो मत खेलो।"

दूसरे दिन अलीमुहम्मद ने सरदर्द का बहाना करके सर पर पट्टी बांध ली, उसकी जगह ठाकुर भीमसिंह को कप्तान चुन लिया गया, अलीमुहम्मद की जगह महेन्द्रनाथ को ले लिया गया, जो इन दिनों बहुत फास्ट बाउलिंग करता था।

मैच इस्लामिया हाईस्कूल के ग्राउंड में शुरू हुआ, जब तक राजाजी और रियासत के बड़े-बड़े हाकिम बैठे रहे, खेल बड़े कायदे और सलीके से होता रहा और किसी तरह की गड़बड़ नहीं हुई, लेकिन ज्योंही वह लोग उठ के गए, हल्की-हल्की चकल्लस शुरू हो गई। अम्पायर के फैसलों पर आनाकानी होने लगी। महेन्द्र की फास्ट बाउलिंग से विरुद्ध टीम बहुत घबरा रही थी, जब अम्पायर ने यक्के बाद दीगरे महेन्द्र के तीन बाल नौ बाल कर दिए, तो महेन्द्र को गुस्सा आ गया, उसने अम्पायर को गरेबान से पकड़ लिया। इसपर इस्लामिया हाईस्कूल की टीम के विकट कीपर माजिद ने विकट उखाड़ ली और महेन्द्र पर हमला करने चला, कुछ ही देर में सारी विकटें उखड़ गईं और सारे खिलाड़ी एक-दूसरे से उलझ गए। कुछ मिनटों में इस्लामिया हाईस्कूल की ग्राउंड में खिलाड़ी और तमाशाई लड़के एक-दूसरे से गुथे हुए दिखाई दिए, मगर चूंकि यह प्लेग्राउंड इस्लामिया हाईस्कूल का था और हमारा स्कूल यहां से बहुत

दूर था, इसलिए हमारे स्कूल के लड़के कम थे और लड़ाई में इस्लामिया हाईस्कूल का पलड़ा भारी पड़ता मालूम होता था।

अलीमुहम्मद अपने यारों की टोली में चुपचाप बैठा हुआ कई मिनट तक यह तमाशा देखता रहा, उसके चेहरे की बेचैनी से मालूम होता था कि वह भी इस लड़ाई में हिस्सा लेने के लिए बेचैन है।

सहसा वह चीखकर उठा और अपने साथियों से कहने लगा, "देखते क्या हो, अपना स्कूल पिट रहा है, उठो और बढ़ के हल्ला बोल दो, दुश्मनों को मार भगा दो।"

"या अली!" कहके अल्लीमुहम्मद झल्ला जो अपनी टोली को ले के उठा, तो देखते ही देखते मैदान के बीच पहुंच गया और इस्लामिया हाईस्कूल के बड़े-बड़े लौंडों के खिलाफ अपने करतब दिखाने लगा। यह तस्वीर अक्सर ज़िहन में आती है, एक तरफ इस्लामिया हाईस्कूल के मुसलमान लौंडे बढ़-बढ़ के हाथ दे रहे हैं, दूसरी तरफ अपने विक्टोरिया जुबली हाईस्कूल के ठाकुर रणधीरसिंह, मोहनसिंह, भीमसिंह, अब्दुल्ला, कादिरयार, सरदारसिंह, गुरुबख्शसिंह फास्ट बाउलर महेन्द्रनाथ! विकट कीपर शेरअली, अस्पताल की लेडी डाक्टर का लड़का अन्तोनी भी वीरता दिखा रहा था। लड़ाई में कभी एक का पलड़ा भारी होता, तो कभी दूसरे का, इतने में अहमदअली और उसकी टोली की आमद ने रण कां पांसा ही पलट दिया, थोड़ी देर में इस्लामिया हाईस्कूल के लड़कों के कदम उखड़ने लगे, मगर अभी तक वह जीदारी से लड़े जा रहे थे कि इतने में पुलिस आ पहुंची और हम सब भाग लिए।

भागकर हम सब लोग सीधे सरकारी अस्पताल पहुंचे। इस्लामिया हाई स्कूल के लड़के भी और अपने स्कूल के ज़ख्मी लौंडे भी। मेरे पिताजी ने मुस्करा-मुस्कराकर सबकी मरहम पट्टी की और लड़कों से लड़ाई का हाल पूछते रहे, उन्हें गुस्सा इस बात का था कि जब

पुलिस आन पहुंची थी, तो दोनों स्कूलों ने अपनी लड़ाई बन्द करके पुलिसवालों को क्यों नहीं पीटा? "अपने ज़माने में हम तो यही किया करते थे।" मेरे पिता ने बताया।

हम सबको खासी चोटें लगी थीं,अलीमुहम्मद का तो सर लगभग खुल गया था और वह इस घटना के बाद दो हफ्ते तक स्कूल नहीं जा सका।

उसी घटना की शाम का ज़िक्र है : अलीमुहम्मद ने अब होस्टल छोड़ दिया था और हमारे घर आ के रहने लगा था। मेरे पिताजी ने अलीमुहम्मद को छेड़ने की खातिर उससे पूछा :

"मगर तुम क्यों लड़े अलीमुहम्मद? तुम तो कप्तान के ओहदे से इस्तीफा दे चुके थे ना?

एकदम अलीमुहम्मद भड़ककर बोला, "तो जो, मेरा स्कूल जो पिट रहा था चाचा! तो क्या मैं उसको पिट जाने देता? वाह डाक्टर साहब! यह तो मेरे स्कूल के बचाव का सवाल था, उसकी इज़्ज़त का, अलीमुहम्मद मुसलमान है, मगर अपने स्कूल का गद्दार नहीं है! मेरा स्कूल पिटता और मैं पीठ दिखा देता, यह हो नहीं सकता चाचा! मैं सूदन हूं, सूदन सूबेदार जानमुहम्मद खां का बेटा, जिसने छाती पर गोलियां खाई हैं।"

वह अपनी छाती ज़ोर-ज़ोर से ठोंकने लगा, मेरे पिताजी मुस्कराकर कहने लगे, "तू झल्ला है, बिलकुल झल्ला।"

कई बार हिन्दोस्तान और पाकिस्तान की मौजूदा जंग के बारे में सोचता हूं तो ख्याल आता है कि आज से लगभग आधी शताब्दी से पहले विक्टोरिया जुबली हाईस्कूल और इस्लामिया हाईस्कूल के दर्मियान जो लड़ाई शुरु हुई थी, उसका अभी तक कोई फैसला नहीं हुआ, वह अभी तक चल रही है।

6

पुंछ की क्लोपैट्रा

जैसे किसी छोटे-से कमरे में कोई हीरा पड़ा हो तो सारा कमरा जगमगाने लगता है, उसी तरह किसी छोटे-से शहर में कोई बहुत ही सुन्दर औरत पैदा हो जाए तो सारा शहर उसके सौन्दर्य से जगमगाने लगता है, गलियों, कूचों, बाज़ारों, दफ्तरों में उसकी चर्चा होने लगती है, अगर वह अपने मुहल्ले से गुज़रकर किसी दूसरे मुहल्ले में जाती है तो सारे शहर में उसकी खबर फैल जाती है। अगर वह कभी किसी बाज़ार से गुज़रती है, तो फिर घंटों उस छोटे-से शहर के बाज़ार में कोई काम नहीं हो सकता। किस तरह वह चल रही थी? कौन-से कपड़े उसने पहन रखे थे? कौन उसके साथ था? किस तरफ उसकी निगाह उठी थी? यह सब बातें किसी स्केनडेल फैलाने की गर्ज से नहीं की जाती हैं, उन बातों में किसी किस्म की बदनियती या कड़वापन भी नहीं होता है, बल्कि छोटे-से शहर के लोगों में उस अत्यन्त सुन्दर स्त्री के लिए एक अजीब तरह का प्यार, एक अजीब तरह का अपनापन पैदा हो जाता है। अपनेपन के साथ यह गर्व भी होता है कि हमारे छोटे-से शहर ने इसे पैदा किया है, वह औरत अपने शहर का गौरव और आभूषण समझी जाने लगती है, ज़रा-सी भूल पर क्रुद्ध हो जानेवाले बुर्ज़ुग और शुद्ध आचरण वाले दढ़ियल इस गर्व से उस स्त्री की मुहब्बतों और बेवफाइयों का ज़िक्र करते हैं, जैसे वह कोई ऐतिहासिक कारनामे हों। मालूम नहीं ऐसा क्यों होता है, मगर होता ज़रूर है कि बहुधा ऐसी

औरत सभ्यता की गरिमा से ऊंची समझी जाने लगती है, शायद वह खुद एक सभ्य नियम बन जाती है जिसके नियम प्रचलित सिद्धान्तों से भिन्न होते हैं, शायद ऐसी औरत अपने-आपमें स्वयं एक मज़हब या धर्म होती है, एक छोटी-सी जीवन-व्यवस्था अपने-आपमें पूरी और स्वतन्त्र! ऐसी औरत को हर तरह की छूट दे दी जाती है, मगर दूसरी औरतों की मामूली से मामूली सामान्य भूल को भी मुआफ नहीं किया जाता, कुछ अजीब हिसाब है। ऐसी स्त्री को पुरुष, समाज, इतिहास सब क्षमा कर देते हैं। याद कीजिए हैलन, क्लोपैट्रा और वसुन्धरा!... हैलन और क्लोपैट्रा को तो आप सब जानते हैं, मगर वसुन्धरा का नाम आपने नहीं सुना होगा।

वसुन्धरा पुंछ की रहनेवाली थी।

शायद बचपन में वह मेरे साथ खेली थी। मुझे कुछ ठीक तरह से वह ज़माना याद नहीं है, उसका घर नानबाइयों के बाज़ार के पीछे था, वहां पर एक शिवाला था, उसके सामने बहुत-सी ज़मीन खाली पड़ी थी। फिर हमारे दूर-पार के एक रिश्तेदार का घर था, जो शहर का सबसे अमीर आदमी था, कभी-कभी मैं उसके घर जाया करता था, कभी-कभी वसुन्धरा भी वहां खेलने के लिए आ जाती थी। मुझे उसके बचपन की सूरत ठीक तरह से याद नहीं है, क्योंकि बचपन में वह एक साधारण हंसमुख लड़की रही होगी, जैसी दूसरी साधारण सुन्दर लड़कियां होती हैं। कौन याद रखता है, फिर यह भी बहुधा देखा गया है कि बचपन में जो लड़कियां अत्यन्त सुन्दर दिखाई देती हैं, जवानी की सीमा में आते ही उनका हुलिया अजीब तरीके से बदल जाता है और वह उतनी खूबसूरत और हसीन मालूम नहीं होतीं। अक्सर यह भी देखा गया है कि बचपन में जिन लड़कियों की शक्ल व सूरत मामूली होती है, बड़े होकर भी वह मामूली शक्ल व सूरत की रहती हैं, मगर

कभी-कभार इन्हीं मामूली शक्ल व सूरत की लड़कियों में कोई एक ऐसी लड़की पैदा हो जाती है जिसकी सुन्दरता, जवानी की हदों को छूते-छूते ही आंखों में चकाचौंध करने लगती है। वसुन्धरा एक ऐसी ही लड़की थी। बचपन में मैंने कई बार देखा था, कई बार साथ खेला भी था, कभी ख्याल ही नहीं किया, कई वर्ष गुज़र गए, वह चौदह वर्ष की हो गई, यह सुना कि वसुन्धरा बहुत खूबसूरत निकल रही है, फिर भी कुछ ख्याल नहीं किया, खूबसूरत लड़कियों वाले शहर में एक और लड़की का खूबसूरत निकल जाना कोई अचम्भे की बात नहीं, फिर जब उसके हुस्न के चर्चे बढ़ने लगे, तो उसके बाप मदनसिंह ने जो एक सुनार था, जल्दी से उसका ब्याह अपनी बिरादरी के एक लड़के गोपालसिंह से कर दिया। गोपालसिंह भी एक सुनार था और पुंछ के बाज़ार ही में उसकी दूकान थी और वह खुद भी शक्ल ब सूरत का बहुत अच्छा था और घर का खाता-पीता था, मगर कोई खास बात न थी, बस शादी हो गई। कहीं कोई हलचल पैदा नहीं हुई। लोग उस शादी को दूसरे दिन ही भूल गए।

शादी के बाद वसुन्धरा का रंग-रूप एकाएक ऐसा निखरा, ऐसा निखरा कि नगरी में चारों तरफ उसके चर्चे होने लगे, उसके सुनहरे बालों, बड़ी-बड़ी मस्त आंखों और पिघले हुए सोने की सी सुनहरी रंगत का बार-बार ज़िक्र होने लगा। उसके कद की तारीफ होने लगी, उसकी चाल की, उसके कपड़ों की, उसके मुहल्ले के सौ-सौ फेरे किए जाने लगे, लोग घंटों वसुन्धरा की एक झलक देखने के लिए बेताब रहने लगे। जिधर से वह गुज़र जाती, जिस घर में वह जाती, जिधर से उसे गुज़रना होता, यार लोग घण्टों पहले उस जगह का चक्कर लगाने लगते थे। शादी के बाद छः माह में उसके सौंदर्य का शोहरा बच्चे-बच्चे की ज़बान पर था।

होते-होते वसुन्धरा की सुन्दरता का शोहरा दरबार तक पहुंचा, राजमहलों तक पहुंचा, इत्तिफाक से एक स्टेट सेक्रेटरी का घर वसुन्धरा के मां-बाप के घर के बिलकुल सामने स्थित था। वसुन्धरा के मां-बाप का घर एक मंज़िला था और मामूली-सा घर था। स्टेट सेक्रेटरी का घर वसुन्धरा के घर से बहुत बेहतर था, मगर था वह भी एक मंज़िला। इत्तिफाक ऐसा हुआ कि जब भी वसुन्धरा अपने मां-बाप के घर आती और चूंकि दोनों घर अर्थात् मैके के और ससुराल के एक ही शहर में थे, इसलिए वसुन्धरा दिन में दो-एक चक्कर तो अपने मैके के लगाती थी, तो उसके आगमन के कुछ देर बाद ही कुंवरजी शाही गारद के सवारों की अर्दल में घोड़ा दौड़ाते हुए स्टेट सेक्रेटरी से मिलने के लिए चले आते केवल मुलाकात करने के लिए या कोई रियासती मशविरा करने के लिए, यह तो हमें मालूम नहीं कि क्या होता था, हां, हौले-हौले उस स्टेट सेक्रेटरी का घर दो मंज़िला होता गया और वसुन्धरा के मां-बाप का घर भी एक मंज़िला से दो मंज़िला हो गया। स्टेट सेक्रेटरी के घर का सारा साज व सामान भी बदल गया। वसुन्धरा के घर की दूसरी मंज़िल पर टीन की छत पड़ गई जो पुंछ में खुशहाली की आबरू समझी जाती है। वसुन्धरा की चाल-ढाल में शहज़ादियों की सी शान-शौकत आ गई। वसुन्धरा थी एक मामूली सुनार की लड़की, एक साधारण सुनार की स्त्री, मगर कहनेवाले यह कहते हैं कि वह परियों की रानी मालूम होती थी। एक बार हम लड़कों ने उसे भतिया के जंगल से वापस आते हुए देखा था, जहां वह कुंवरजी के साथ शिकार खेलने गई थी। उसके सुनहरे बाल उसके कन्धों से उठ-उठकर हवा में लहरा रहे थे और उसका खुशियों से गुलनार चेहरा डूबते सूर्य की लाली से दमक रहा था। वह राजकुमार के साथ-साथ काले रंग के एक बैलर घोड़े पर सवार, केसरिया रंग की बिरजिस और खुले कालरों का रेशमी

ब्लाउज़ पहने हुए काई पाकिस्तानी शहज़ादी मालूम होती थी। यह तो वह वसुन्धरा ही न थी जो बचपन में मेरे साथ खेलती थी। उसकी निगाहें आकाश पर थीं और उसके घोड़े के सुम भी ज़मीन से लगते मालूम नहीं होते थे।

अजब हुस्न व इश्क के दिन थे, जैसे सारा शहर इस इश्किया दास्तान में उलझा हो, दिन किसी उपन्यास के पृष्ठों की तरह दिलचस्प और रोमांचित थे, कोई और बात ही न होती थी। फिर सुना कि कुंवरजी को एकबारगी इंग्लैंड भेज दिया गया है, उच्च शिक्षा हासिल करने के लिए हर एक का दिल धक् से रह गया, प्रत्येक व्यक्ति ने वसुन्धरा के दिल की पीड़ा और दुख को महसूस किया। इश्क की सहानुभूति और मजबूरी से हर शख्स चूर-चूर था, हर शख्स ने वसुन्धरा की आंखों में आंसू देखे। मुमकिन है वहां कोई आंसू न थे, मगर हम सबने उसकी आंखों में आंसू देखे, और एक सुन्दर औरत के विरह की आग को अपने दिल में महसूस किया।

चन्द माह बाद सुना कि बसुन्धरा एक बहुत बड़े अफसर की कोठी के आलीशान बाग में टहलती देखी गई, वज़ीर मानिकराय एक सुन्दर डोगरा राजपूत था और जम्मू के एक ऊंचे खानदान का व्यक्ति था और हाकिमों के तबके से तअल्लुक रखता था। मंत्री होने के नाते उसके हाथ में ताकत भी थी क्योंकि राजा साहब कुछ महीनों से बीमार थे और कुंवरजी लन्दन में थे, इसलिए रियासत की पूरी ताकत खिंचकर मंत्री के हाथ में चली आई था, चांदनी रातों में फौव्वारा बाग की रविशों पर लचकते हुए दो रोया फूलों की क्यारियों में टहलते हुए वसुन्धरा और मानिकराय को लोगों ने छुप-छुपकर देखा और फिर प्रधान मंत्री और वसुन्धरा की मुहब्बत की दास्तानें दुहराई जाने लगीं, जैसे वसुन्धरा ने कोई बेवफाई न की हो, बल्कि कोई दूसरा इलाका

फतह कर लिया हो, उसकी फतह के शादियाने हर दिल में थे। सारा शहर खुशियां मना रहा था, अब दरबार वसुन्धरा के मायके में लगता था, रियासत के कितने ही फैसले जो उस आला अफसर को खुद करने चाहिए थे वसुन्धरा खुद करती थी। हाकिमों के तबादिले और तरक्कियां और पदच्युत और इनाम व अकराम और क्या कुछ...सारे शहर में वसुन्धरा का बोलबाला था।

मैं उन दिनों मैट्रिक पास करके आगे पढ़ने के लिए लाहौर चला गया था और फार्मन क्रिश्चियन कालेज लाहौर में फर्स्ट इयर क्लास में दाखिल हो गया था। दो साल बाद जब पुंछ आया, तो नक्शा ही बदला हुआ पाया। मंत्री मानिकराय की जगह नायब रेज़ीडेंट बहादुर ने ले ली थी। पुंछ में रेज़ीडेंसी की एक शाखा थी, यहां पर एक नायब रेज़ीडेंट रहता था, तमाम महत्त्वकारी विषयों में वह राजा साहब को मशविरे देता था और बहुधा उसके मशविरों पर अमल होता था। जब वसुन्धरा ने उस अंग्रेज़ रेज़ीडेंट का दिल जीत लिया और जब रेज़ीडेंट बहादुर साहब का घोड़ा वसुन्धरा के मायके के गिर्द, जो अब तीन मंज़िला हो चुका था देखा गया तो आश्चर्य की एक लहर सारे शहर में दौड़ गई। ऐसा लगा, जैसे पूरी बरतानवी सल्तनत का सर एक हिन्दोस्तानी लड़की के कदमों में झुक गया। इससे पहले ऐसी घटना बूढ़े से बूढ़े बुज़ुर्गों की स्मृति में न थी। यह तो पहली बार ऐसा हुआ था कि रेज़ीडेंट बहादुर खुद चल के शहर के अन्दर किसी हिन्दोस्तानी के घर गए थे वर्ना तो खुद राजा साहब को जब कोई मशविरा लेना होता तो वह खुद रेज़ीडेंसी में जाते थे।

दो साल बाद जब मैं गर्मियों की छुट्टियों में पुंछ पहुंचा तो वसुन्धरा के हुस्न व जमाल का शोहरा उन्नति के शिखर पर था। अंग्रेज़ रेज़ीडेंट से इश्क करके वसुन्धरा ने गोया अन्तर्राष्ट्रीय प्रतिष्ठा की सीमाओं को

छू लिया था। मैं उसे देखने के लिए बहुत बेताब था, इस दौर में मैंने 'मादाम बोवारी पढ़ ली थी और बहुत-से फ्रांसीसी उपन्यास और मैं अब उन मशहूर फ्रांसीसी सुन्दरियों के नामों से भी परिचित हो चुका था जिनकी ड्योढ़ियों पर फ्रांसीसी कैबिनेट के बड़े-बड़े वज़ीर सर झुकाते थे। हमारे शहर की भी एक औरत थी, ऐसी ही, मुझे उसे देखना ही चाहिए, करीब से...

मगर कैसे देखूं?...मैंने अपने दोस्त अमरजीतसिंह से इसका जिक्र किया, जो खोड़ीनाड़ में रहता था, जिसके घर के चारों तरफ घने पेड़ों वाला एक बाग था और जिसके घर के पिछवाड़े में एक पहाड़ी नाला शोर मचाता हुआ बहता था और जो दूर पार से शायद वसुन्धरा का रिश्तेदार भी होता था। अमरजीत ने थोड़े टाल-मटोल के बाद मेरी बात मान ली और एक रोज़ किसी दावत में उसने वसुन्धरा को और उसके मायके वालों को अपने घर खाने पर आमन्त्रित किया और उस दावत में मुझे भी खाने के लिए बुलाया। मुझ याद नहीं कि मैंने उस दावत में वसुन्धरा से कोई बात की हो। एक तो मैं उम्र में उससे चार-पांच साल छोटा था, दूसरे अभी बिल्कुल कच्चा और शर्मीला था, तीसरे, शायद सुन्दरता के रोब ने ज़बान बन्द कर दी थी।

खाने के बाद हम अमरजीत के बाग में टहलने के लिए निकले। वह गर्मियों के दिन थे, बाग में सफद और पीली चमेली फूली हुई थी। पेड़ों पर खूबानियां गदराई हुई थीं और अनार की कलियों से सारा चमन याकूत रंग था। टहलते-टहलते वसुन्धरा ने खूबानी के चन्द पेड़ों के नीचे खड़े होकर ऊपर देखा और कहने लगी : "खूबानियां उम्दा मालूम होती हैं।"

दूसरे लमहे में एक पेड़ पर अमरजीत चढ़ गया, दूसरे पर मैं। चन्द मिनटों के बाद हम दोनों ने बारी-बारी वसुन्धरा के सामने घास के

एक तख्ते पर सैकड़ों खूबानियां ढेर कर दीं।

थोड़ी देर में अमरजीत का एक चचा जो उसके घर में ही रहता था किसी और दरख्त से नीचे उतरा और वसुन्धरा के सामने खूबानियों का बहुतेरा ढेर लगाकर झेंपता हुआ वापस चला गया। वह लगभग साठ बरस का रहा होगा। उसके बाल सफेद थे और जब वह चला गया तो वसुन्धरा बड़े नटखट लहजे में बड़े ज़ोर से हंसने लगी। फिर एकदम से उसने अपनी उंगली मेरे गाल पर रख दी और बोली : "अरे किसने! बचपन में तेरे गाल पर यहां एक गड्ढा पड़ता था, वह क्या हुआ?"

मैं इस कदर झेंपा कि चेहरा कानों तक सुर्ख हो गया, जल्दी से वहां से भाग लिया, मैं एक शब्द भी तो उससे नहीं कह सका, बस उठकर वहां से भाग गया। दूर तक उसकी हंसी के चमेली के फूल मेरे कानों पर गिरते रहे। उसके बाद मैंने वसुन्धरा से मिलने की कभी कोशिश नहीं की। हां, उसकी वह उंगली मैंने अभी तक संभाल के रखी है, दिल के किसी गडेढे में, क्योंकि अब तो मेरे गालों में गड्ढा नहीं पड़ता है, जो कभी बचपन में था और मैं बहुत बदल गया हूं, मगर दिल में कई गड्ढे हैं। वह उंगली शहद की किसी कलम की तरह अब भी रातों के अन्धेरे में मेरे गाल को छूती है और नटखट स्वर में मुझसे पूछती है, 'किसने! तेरे गाल का वह गड्ढा कहां गया?'

वसुन्धरा से किसीको शिकायत नहीं थी यह कि वह बेवफा थी, यह कि उसने कई बार मुहब्बत की थी, यह कि उसने बहुत-सी मुहब्बतों को ठुकरा दिया था, यह कि उसने सिर्फ ऊंची जगहों पर इश्क किया था, किसीको उससे शिकायत नहीं थी, हम सब उसके शुक्रगुज़ार थे कि वह हम में पैदा हुई। ऐसा लगता था, जैसे हम में से हर एक को उससे अलग-अलग इश्क है, कुछ तो उसके इश्क की दास्तानें सच्ची भी थीं, कुछ गढ़ ली जाती थीं, हौले-हौले चन्द सालों में वसुन्धरा हमारे शहर

का एक लेजेंड बन गई।

मगर उसके शौहर को उससे बहुत शिकायत थी। वह खुद बेहद सजीला नौजवान था, इसलिए उसका गिला जायज़ था कि वह सिर्फ उससे इश्क क्यों नहीं करती है, जबकि वह खासा खुशहाल भी है, वह बेवफा और हरजाई क्यों है? लोग क्यों उसके हुस्न के गीत गाते हैं, उसके फिराक में आहें भरते हैं, उसे देखकर ठठ के ठठ बांधकर खड़े हो जाते हैं, हौले-हौले उसका अपना कोई व्यक्तित्व न रहा था, वह अब केवल वसुन्धरा का पति था, हर समय उसके दिल में एक अजीब व गरीब लड़ाई चलती रहती। वह वसुन्धरा से अत्यन्त प्रेम करता था और वसुन्धरा भी उससे करती थी। वह कहीं भी जाती, आखिर को तो उसके पास आती थी। वही तो उसका पति था और कोई दूसरा न हो सकता था, मगर कभी-कभी उसको इतना गुस्सा आता कि उसका दिल वसुन्धरा को पीटने के लिए चाहने लगता, मगर वसुन्धरा को देखते ही उसका दिल पिघल जाता और वह उसे मारने के बजाय उसके कदमों में झुक जाता, मगर वसुन्धरा के कदमों में झुकते हुए भी दुनिया वालों के लिए उसका क्रोध बढ़ जाता, वह सारी ज़िम्मेदारी बाहर की दुनिया पर डाल देता, जो वसुन्धरा के विचित्र सौन्दर्य से प्रभावित होकर इस जोड़े के गृहस्थ-जीवन को बिगाड़ती है और इन दोनों को चैन से नहीं रहने देती।

जब इस तरह वसुन्धरा के तीन-चार किस्से हो गए और जब रेज़ीडेंट बहादुर वाला रोमान ज़ोर पकड़ने लगा, तो वसुन्धरा के पति ने शहर छोड़ने की ठान ली, वह पुंछ छोड़ देगा और हसीन बीवी को लेकर कहीं और चला जाएगा, किसी दूर-दराज़ के इलाके में, जहां इस शहर के हुस्न व इश्क की चर्चा की छाया भी उन तक न फटके।

उसने पुंछ छोड़कर जाने की ठान ली और हौले-हौले उसने वसुन्धरा को भी इस बात के लिए राज़ी कर लिया। पहले तो वसुन्धरा

पुंछ छोड़ने के लिए कदापि तैयार न थी, लेकिन जब गोपाल ने उसे छोड़ देने की धमकी दी, तो आखिर औरत थी, राज़ी हो गई और अपने शौहर के साथ रजौरी जाने पर तैयार हो गई।

चुपके-से वसुन्धरा के पति ने जाने की पूरी तैयारी कर ली, उसने किसीको नहीं बताया कि वह पुंछ छोड़ रहा है, वसुन्धरा को उसने खबरदार कर दिया था कि इस बात से किसीको आगाह न करे।

मगर न जाने किस तरह से यह खबर सारे शहर में फैल गई, जगह-जगह नाकों पर और नुक्कड़ों पर और बाज़ारों में और गली-कूचों में और दफ्तरों में यह जिक्र होने लगा कि गोपाल वसुन्धरा को लेकर जा रहा है, हमेशा के लिए पुंछ छोड़ रहा है, और कौन उसे मना कर सकता है? गोपाल वसुन्धरा का पति है, वसुन्धरा अपने पति के साथ जा रही है।

सारे शहर पर जैसे बिजली-सी गिर पड़ी, सब सन्न थे, मगर मुंह से कुछ कह नहीं सकते थे, एक-दूसरे से कानाफूसी में बातचीत करते थे। सबके चेहरे सहमे हुए थे, जैसे शहर पर कोई बहुत बड़ी आफत आनेवाली हो।

जाने का वक्त आ गया। वसुन्धरा के पति ने सुबह सवेरे सारा सामान छः खच्चरों पर लदवाकर उन्हें पहले से रवाना कर दिया, निगाली साहब की तरफ...जाने से पहले वे दोनों निगाली साहब के गुरुद्वारे में हाज़िर हो के अपने-अपने पापों से मुक्त होंगे और फिर एक नई ज़िन्दगी शुरू करने के लिए रजौरी चले जाएंगे। निगाली साहब का गुरुद्वारा शहर से चार मील बाहर एक रमणीक पहाड़ी मुकाम पर था, रास्ता कठिन था, एक जगह पर एक खतरनाक नाले पर लकड़ी का एक पुल आता था, उसे पार करने के बाद एक भयानक उतराई उतरकर पुंछ के दरिया के एक हिस्से को पैदल चल के पार करना पड़ता था, क्योंकि यहां पर दरिया का पाट इतना चौड़ा था कि यहां पर कोई पुल

न था, इसीलिए वसुन्धरा के पति ने सामान वाले खच्चरों को सुबह सवेरे निगाली साहब की तरफ रवाना कर दिया, उनसे कह दिया कि वह शहर से दो मील बाहर कोठानी के पुल के पास उसका इन्तज़ार करें। दो घोड़े उसने अपने लिए और वसुन्धरा के लिए रख लिए और फिर वसुन्धरा को लेकर उसके मायके वालों से विदा करा के शहर से बाहर जाने लगा।

वसुन्धरा और उसका पति दोनों अपने-अपने घोड़ों पर सवार, अपने ख्यालों में गिरफ्तार शहर की सीमा से बाहर निकल गए। डुंगस के चश्मे से आगे जानेवाले रास्ते पर निकल गए, अब शहर की इमारतें खत्म हो चुकी थीं धान और मक्का के खेत शुरू हो गए थे, लेकिन कहीं-कहीं इक्का-दुक्का रास्ते में कच्चे मकान दिखाई देते और सफरी चायखाने। रास्ते में सन्नाटा था और वसुन्धरा सर झुकाए घोड़े की बाग ढीली रखे कुछ सोचती चली जा रही थी, उसे आज अपना शहर छोड़ते हुए कितना अजब मालूम हो रहा था, वह क्या कर सकती है, जाना तो होगा उसे, एक तरह से ठीक भी है।

शहर बहुत पीछे रह गया, खेत, दुकानें, कच्चे मकान भी पीछे रह गए, अब पहाड़ी रास्ता था, एक कच्ची पगडंडी-सी पहाड़ के सीने पर रेंगती हुई ऊपर जा रही थी। इस पहाड़ के दूसरी तरफ कोठानी का खतरनाक नाला था, जिसे पार करके वह निगाली साहब की तरफ बढ़ जाएंगे और फिर निगाली साहब में सीस नवा के वह नई ज़िन्दगी की तरफ रजौरी की जानिब बढ़ जाएंगे। अब दूर-दूर कोई आबादी नहीं है, सुनसान रास्ते, वीरान जंगल, कहीं-कहीं पेड़ों के नीचे पहाड़ी गड़रियों के खामोश गल्ले ढलवानों पर चरते हुए।

वसुन्धरा के दिल से एक आह निकली और वह दोनों पहाड़ी ऊंचाई का मोड़ काट के पहाड़ के दूसरी तरफ चले गए जहां कोठानी नाले पर लकड़ी का एक पुल था।

पहाड़ के दूसरी तरफ जाकर यकायक उन्हें लोगों की एक भीड़ दिखाई दी, बहुत लोग थे, पांच सौ के करीब होंगे, नहीं हज़ार से ऊपर होंगे, नहीं दो हज़ार के करीब होंगे, नहीं तीन हज़ार से भी ऊपर होंगे। यह उसके अपने शहर के लोग थे और इतनी बड़ी तादाद में रास्ते में खड़े थे कि उनकी ओट में लकड़ी का पुल छिप गया था।

वह दोनों जब उन लोगों के करीब पहुंचे तो किसीने उनसे कुछ नहीं कहा, भीड़ ने छंटकर उन्हें रास्ता दे दिया, एक ने वसुन्धरा के घोड़े की बाग थाम ली, किसी दूसरे ने दूसरे घोड़े की बाग अपने हाथ में ले ली और आहिस्ता-आहिस्ता कुछ कहे बगैर वह लोग उनके साथ-साथ चलने लगे।

वसुन्धरा के पति ने आश्चर्य से पूछा। "आप लोग कहां जा रहे हैं?"

"निगाली साहब!" एक शहरी ने जवाब दिया और गोपाल के घोड़े के साथ-साथ चलने लगा।

वसुन्धरा का पति हैरत में था, यह क्या माजरा है, मगर कोई उससे पूछताछ न करता था, न कोई वसुन्धरा से बात करता था, सब लोग एक काफिले की सूरत में खामोशी से उनके साथ चल रहे थे।

बहुत जल्द वह लोग कोठानी के लकड़ी के पुल के करीब पहुंच गए, जो एक भयानक गहरे नाले की खड्ड के ऊपर स्थित था।

मगर यह देखकर वसुन्धरा के पति के मुंह से आश्चर्य की ऐसी चीख निकल गई कि नाले का पुल खड्ड के ऊपर स्थित न था, बल्कि खड्ड के अन्दर गिरा हुआ था और पानी उसके ऊपर बह रहा था।

"पुल टूट गया।" एक साहब बड़ी गम्भीरता से बोले। "सचमुच!" दूसरे साहब ने गोपाल को बताया, "देखिए पुल टूट गया।"

तीसरे साहब, जो वसुन्धरा के घोड़े की बाग थामे थे, अफसोस से सर हिला के बोले, "अब हम लोग निगाली साहब कैसे जाएंगे? पुल

तो टूट गया है।" वसुन्धरा का पति दिल ही दिल में गुस्से से पेच व ताब खा रहा था, इन कम्बख्तों ने खुद ही पुल तोड़ डाला है और मुझे किस भोलेपन से बता रहे हैं कि पुल टूट गया है, यह खुद हमारा रास्ता रोक रहे हैं और अपनी बुद्धि से मुझे बता रहे हैं कि वह तो किसी तरह की दिलचस्पी हमारे जाने न जाने से नहीं रखते।

मगर यह सब लोग यहां आ कैसे गए। वह हैरान था, इन लोगों में सिर्फ नौजवान ही नहीं थे, बुड्ढे और अधेड़ उम्र के लोग भी थे, हिन्दू भी थे और मुसलमान भी, सिख भी और ईसाई भी, डोगरे भी और कश्मीरी पण्डित भी, रंगीन तबियत भी और उदास तबियत भी। ऐसे लोग भी जिनके चाल-चलन पर आज तक किसीने उंगली न रखी थी। उनमें दुकानदार भी थे और छोटे-मोटे हाकिम भी, बागों के माली और गड़रिये भी और वह लोग भी जिनकी सूरत तक से वह परिचित नहीं था, वह सब उसे रोकने के लिए आए थे... उसके दिल में एक अजब जंग-सी होने लगी, इतने लोगों के आने की उसे खुशी भी थी और गुस्सा भी था और दोनों भाव एक-दूसरे से गुथे हुए थे।

"मगर मैं तो जाऊंगा।" उसने अन्त में दांत पीसकर कहा।

"मगर जाओगे कैसे? पुल तो है नहीं...और खड्ड गहरी है और उस खड्ड पर पूल बनाने के लिए कम से कम दो माह दरकार होंगे।" एक ने कहा।

"हां ठीक है, दो माह बाद चले जाना।" दूसरा बोला।

बुड्ढे कासिम जू ने कहा, "मेरी बेटी की शादी अगले माह में होगी, उसके ज़ेवर कौन तैयार करेगा।"

"और मेरी बहन कहती है, मैं तो गोपाल के हाथ की बनाई हंसली पहनूंगी अपनी शादी में! और तुम चले जा रहे हो।" चौथा बोला।

"यह सोलह तोले सोना है, मेरी बीवी के लिए दो गोखरू बना दो, जैसे तुमने ठाकुर दयालसिंह की चच्ची के लिए तैयार किए हैं, बिलकुल उसी डिज़ाइन के बनने चाहिए, गोपाल! तुम हमारे शहर के सबसे अच्छे सुनार हो, यह काम तो तुम्हें अपनी भाभी की खातिर करना ही होगा।" ठाकुर जगजीतसिंह कपड़े की एक छोटी-सी पोटली में बंधा हुआ सोना उसके हाथों में देने की कोशिश करने लगा। यकायक उसको चारों तरफ से लोगों ने घेर लिया। कोई सोना लाया था, कोई चांदी, अमीर और गरीब सब मिलकर उसको काम दे रहे थे, वह उसे जाने से नहीं रोक रहे थे, वह उसे इतना काम दे रहे थे कि वह अगले दो माह तो क्या अगले दो साल में भी उस काम को पूरा नहीं कर सकता था।

जो कुछ उन्होंने उससे कहा था, वह इतना ज़रूरी नहीं था जितना वह ज़रूरी था जो उन्होंने उससे नहीं कहा था और जो कुछ उन्होंने उससे नहीं कहा था, उसने उसके दिल को पकड़ लिया था, उसे अपना गला बन्द होता मालूम हुआ, उसकी आंखों में आंसू आने लगे, वह उसे सोने-चांदी की रिश्वत नहीं दे रहे थे, प्यार की रिश्वत दे रहे थे, हम तुम्हें जाने न देंगे, किसी तरह जाने न देंगे।

वसुन्धरा के नेत्रों में जल छलक आया, उसने अपना मुंह दुपट्टे में छिपा लिया। "अच्छा अब मैं कभी यह शहर छोड़कर न जाऊंगा।" वसुन्धरा का पति अपने आंसू पोंछते हुए कहने लगा।

एकाएक नौजवान उछलने लगे और ढोल बजाने लगे और सब मिलकर पहाड़ी गीत गाने लगे, घोड़ों की बागें वापस फेर दी गई और यूं तो मैंने अपनी ज़िन्दगी में बड़े-बड़े जुलूस और जश्न देखे हैं, मगर मुझे उस चमकीले रोज़ वाला वह छोटा-सा पहाड़ी काफिला कभी नहीं भूलता, जब एक छोटे-से शहर के लोग अपने शहर की खूबसूरती को वापस लेकर आए थे।

7

हुस्न की जलावतनी

मेरा पहला थियेटर...दरबार हाल के स्टेज पर गहरे ऊदे रंग के मखमली पर्दे...उनके बीच में सोने-चांदी के कलाबत्तू और बहुमूल्य रत्नों से एक ताज बना हुआ...ताज के दोनों तरफ दो शेर अपने पिछले पंजों पर खड़े हुए...राजा साहब सबसे आगे के सोफों की कतार में बैठे हुए...मैं और मेरे पिताजी दो-तीन कतारें छोड़कर पीछे बैठे हुए...अचानक राजा साहब गर्दन मोड़कर पीछे की कतारों पर नज़र दौड़ाते हैं और मेरे पिताजी को देखकर उनसे उनकी खैरियत पूछते हैं। मेरी गर्दन गर्व से अकड़ गई है और मैं मुस्करा-मुस्कराकर इधर-उधर बेहद गर्वित भाव में देखता हूं। राजा ने मेरे बाप से बात की है, सुना तुमने? देखा तुमने?...लेकिन छः साल के बच्चे को कौन देखता है, कोई मेरा नोटिस नहीं लेता, सबकी निगाहें सामने स्टेज पर हैं, स्टेज के अन्दर से एक घंटी बजने लगती है, मेरे दिल की धड़कन तेज़ हो जाती है, सांस भी तेज़-तेज़ चलने लगती है, मैं सब कुछ भूलकर सामने देखने लगता हूं। यह पर्दा कब उठेगा, किस कदर बेकरार हूं मैं उस परदे के उठने का...जिस किसीने भी थियेटर के सामने पर्दा बांधने की रस्म शुरू की, बहुत ही समझदार आदमी था और प्रकृति और विज्ञान का अच्छा जानकार।

पर्दे के पीछे क्या है, क्या होनेवाला है, क्या सामने आनेवाला है, शौक और कल्पना को पर लग जाते हैं। बड़ी उम्र के लोग हज़ारों

बार थियेटर देखे हुए उस बच्चे के भाव की कंपकंपी और देखने की उत्सुकता का अनुमान ही नहीं कर सकते, जो अपनी ज़िन्दगी में पहली बार थियेटर देखने जा रहा है। सांस, लगता है गले में घुट जाएगी, आंखों के आगे चिनगारियां-सी उड़ती हैं, पूरा दरबार हॉल हवा में डोलता और झूलता दिखाई देता है। इस थियेटर के देखने के लिए मैंने कैसी ज़िद की थी, अभी कुछ अर्सा पहले मुझ थियेटर ले जाने के सिलसिले में मेरे मां-बाप में कैसी लड़ाई हुई थी, पहले तो मांजी और पिताजी दोनों मेरे थियेटर जाने के खिलाफ थे, लेकिन जब मैंने रो-रोकर आसमान सर पर उठा लिया, तो पिताजी पसीज गए, मगर मांजी डटी रहीं। उनका ख्याल था कि इतनी कम उम्र के बच्चे को थियेटर न ले जाना चाहिए, बुरा असर पड़ेगा, फिर दोनों में लड़ाई शुरू हो गई। पिताजी मुझे ले जाना चाहते थे, मां इन्कार कर रही थीं। बीच-बीच में मैं देखता कि पिताजी का पल्ला कमज़ोर पड़ रहा है, तो ज़ोर-ज़ोर से पांव पटककर रोने लगता, आखिर मां भी हार गई। समय बहुत कम था, इतने अल्प समय में मुझे नये कपड़े पहनाए न जा सकते थे। उन्हीं दिन के कपड़ों में, जिनपर खेल-कूद से धब्बे पड़ चुके थे, थियेटर देखने आ गया था। मुंह भी न धोया, आंखों के नीचे गालों पर अभी तक सूखे आंसूओं के निशान थे। मगर अब मैं सब कुछ भूल गया था। जब तीसरी घंटी बजी और पर्दा ऊपर उठना शुरू हुआ, तो जैसे सपनों की दुनिया असलियत बनकर सामने आ गई। यह अजीब व गरीब दुनिया थी, मगर अब दुनिया के सामने मेरे इर्द-गिर्द की सारी दुनिया किसी कुहरे में लिपटकर गायब हो गई थी, सिर्फ स्टेज की दुनिया ही असली और सच्ची थी, शायद 'खूने-नाहक' का ड्रामा था—आगाहश्र का लिखा हुआ। हेमलेट के आधार पर...कैसी ज़बान बोलते थे यह लोग, दिल दहल जाता था। सीना ठोककर बात करते थे—शेरों में।

रफीक किस हाल में है?

शेर लोहे के जाल में है!

स्टेज पर मशालें जगमगाती थीं, जिस ऐक्टर के बोलने की बारी आती, उसके दायें-बायें मशालें जगमगाने लगतीं ताकि उसका चेहरा मशालों की रोशनी में अच्छी तरह से दर्शकों को नज़र आए। मर्द, औरतें सभी तड़क-भड़क पहनावे पहने हुए, चेहरे लाल किए हुए, कितने खूबसूरत लग रहे थे। उन दिनों औरतों के पार्ट भी मर्द करते थे, नानबाइयों के बाज़ार के पान बेचनेवाले की दुकान पर काम करनेवाला लौंडा गुल्ला (गुलाम मुहम्मद) हीरोइन बना था, उसे मैंने पहचान लिया था, मगर इस वक्त यह देखकर हैरान था कि वह सड़ा-बुसा लौंडा इस वक्त कितना हसीन और नाज़ुकबदन मालूम हो रहा था, उसकी चाल-ढाल, बात-चीत, भाव-स्वभाव में किस दर्जा औरतों का लोच रच गया था, बिल्कुल औरत मालूम होता था। स्टेज पर तलवार भी चमक रही थी, खौफ से मेरी आंखें बाहर निकलने लगीं, कैसी खौफनाक, खतरनाक लड़ाई थी, विजय की एक चीख मारकर हेमलेट ने अपने चाचा के सीने में तलवार उतार दी...मुझे लगा जैसे तलवार मेरे सीने में उतर गई...छाती से लहू बह रहा था...हाय बेचारा मर गया। दरिया बह रहा था, स्टेज पर दरिया लहरें ले रहा था...बिल्कुल सचमुच का दरिया...कैसे आ गया इस स्टेज पर? हेमलेट ओफिलिया को दरिया के किनारे ढूंढ़ रहा था और शेर पढ़-पढ़कर ओफिलिया के लिए अपने इश्क का इज़हार कर रहा था, पहली बार ज़िन्दगी में इश्क का शब्द सुना, अर्थ तो समझ में न आया, इतना पता चला कि इश्क कुछ ऐसा होता है, जो सिर्फ मर्दों को औरतों से होता है और उस इश्क का इज़हार सीना कूट-कूटकर औरत से किया जाता है और बाज़ू हिला-हिलाकर और चीख-चीखकर! फिर उस इश्क में एक मुकाम ऐसा भी

आता है, जब दोनों हिचकियां ले-लेकर रोते हैं और इतने ज़ोर से रोते हैं, जितना मैं भी थियेटर देखने के लिए न रोया था। मगर उन लोगों की तकलीफ सचमुच ऐसी दर्दनाक थी कि देखते-देखते आंखों में आंसू आ जाते थे।

फिर आखिर ड्राप सीन हुआ और तालियों की पुरशोर आवाज़ में थियेटर खत्म हो गया और वह जो मेरे इर्द-गिर्द की दुनिया से बढ़ के हकीकत थी, साफ और रोशन, उभरी हुई और करुणाजनक! सहसा पर्दे के वर्क उलटने से गायब हो गई, दिल को एक धक्का-सा लगा, मैं उसके लिए तैयार न था कि थियेटर कभी खत्म होगा, उसको तो चलते ही चले जाना चाहिए था, जीवन की अन्तिम सीमा तक इतनी जल्दी यह कैसे खत्म हो गया और क्यों?

जब थियेटर से बाहर निकला, तो दुनिया बहुत बुझी-बुझी, फीके रंगों वाली और उचाट-सी मालूम हो रही थी, अपने बाप की उंगली पकड़े-पकड़े दिसम्बर की ठंडी रात की बर्फीली हवाओं को भी महसूस न करता हुआ मेरा छोटा-सा बच्चे का ना-तजुर्बेकार दिल उस खेल के दृश्यों में खोया हुआ था, सबसे अधिक परेशानी मुझे इस बात की थी कि हमारे अस्पताल का सबसे बड़ा कम्पाउंडर मोतीगिर जिसने हेमलेट के चाचा का पार्ट किया था, जान से मारा गया था और किसीने उसे बचाने की कोशिश नहीं की। सब लोग अपनी-अपनी सीटों पर बैठे तमाशा देखते रहे कम्बख्त! "बेचारा मोतीगिर तो इस तमाशे में मारा गया।" मैंने पिताजी से कहा।

"हां, मारा गया।"

"अब उसके बीवी-बच्चों का क्या होगा?"

"क्या मालूम क्या होगा!"

"कल सुबह जब उन लोगों को पता चलेगा तो बहुत रोएंगे!"

मैंने कहा।

पिताजी चुप रहे।

कुछ मिनट चुप रहने के बाद मैंने फिर पूछा :

"बाबूजी! इश्क किसे कहते हैं?"

"इश्क?" वह चौंककर बोले, "इश्क एक हिमाकत होती है"

"हिमाकत किसे कहते हैं?"

"हिमाकत? तुम अभी बच्चे हो, उसको नहीं समझ सकते, जब बड़े हो जाओगे तब मालूम पड़ेगा इश्क किसे कहते हैं।"

"नहीं, नहीं...मैं तो अभी मालूम करूंगा।"

मैंने ठुनककर कहा, "इश्क किसे कहते हैं, बाऊजी, बताओ न, इश्क क्या होता है?"

मैं देर तक पिताजी की उंगली पकड़े चलता रहा और रोता रहा और इश्क मालूम करने की कोशिश करता रहा, रास्ते-भर पिताजी चुप रहे और मेरे रोने-बिलखने और पांव पटकने के बावजद उन्होंने मुझे नहीं बताया कि इश्क किसे कहते हैं, मगर मैंने भी अपनी ज़िद नहीं छोड़ी, बराबर चलता, रोता, पांव पटकता रहा और पूछता रहा, आं हां...इश्क क्या है? इश्क क्या है बताओ ना बाऊजी, इश्क, इश्क, इश्क की रटन शुरू कर दी। पिताजी मुझे घसीट-घसीटकर घर की ओर बढ़ते रहे। जब बंगले का बड़ा गेट नज़र आया, तो उन्होंने मुझे गुस्से से एक धक्का देकर घर के अन्दर दाखिल किया, धक्का लगने से मैं घर के अन्दर गिर पड़ा और मेरे चीखने-चिल्लाने की आवाज़ सुनकर मांजी दौड़ी-दौड़ी आईं और मुझे रोते देखकर सीने से लगाकर मेरे पिताजी से पूछने लगीं:

"क्या हुआ है अब?"

"यह पूछता है इश्क किसे कहते हैं।"

"हाय!"

मां ने अपने सर पर ज़ोर से हाथ मारा, "इसीलिए मना करती थी, इसे थियेटर मत ले जाओ, मगर तुम नहीं माने।"

"मां," मैंने चीखकर ऐलान किया, "मैं भी इश्क करूंगा, जैसे वह थियेटर में करता था।"

इसपर मांजी भी गुस्से में आकर मुझे दोहत्थड़ पीटने लगीं और कहने लगीं, "हां बेटा, तू क्यों नहीं इश्क करेगा, तू इश्क भी करेगा और अपने खानदान का नाम भी डुबोएगा, अभी से तेरे कुलच्छन कहे देते हैं, और फिर तेरे पिता ने छूट दे दी है तुझको... अभी से थेटर ले जाने लगे हैं तुझको...कल भी ले चलना अपने लाड़ले को..."

माताजी ने क्रोध-भरी निगाहों से मेरे पिताजी की तरफ देखा, वह सहमकर अपने कमरे में चले गए...

बहुत देर के बाद मुझे मालूम हुआ इश्क किसे कहते हैं, मगर उस वक्त बहुत देर हो चुकी थी।

उस ड्रामे में हेमलेट का पार्ट मास्टर रहमत अली ने किया था, वह ज़माना सिनेमा से ज़रा पहले का है और थियेटर के सुनहरी दौर का अन्तिम क्षण है, उस ज़माने में मास्टर रहमत अली का नाम यू० पी०, देहली, पंजाब, गर्जे कि पूरे उत्तरी हिन्दोस्तान में गूंजता था, मगर जब राजाजी उसे पुंछ लाए, तो वह ज़माना मास्टर रहमत अली के अन्तिम दौर का था, जब उसकी ज़िन्दगी और उसकी शोहरत का चिराग गुल होने को था, जब मैंने उसे देखा, उस वक्त वह एक दुबला-पतला मैले कपड़े पहने, एक मामूली शक्ल व सूरत का इंसान मालूम होता था। चरस, शराब और दूसरे नशों का आदी हो चुका

था। उसे देखकर यह लगता ही नहीं था कि यह वही मास्टर रहमत है, जिसपर सैकड़ों औरतें फिदा होती थीं और इश्तिहार पर जिसका नाम आते ही थियेटर भर जाया करते थे, उस बाकमाल अदाकार ने अपनी बुझती हुई शोहरत के आखिरी ज़माने के चन्द माह पुंछ के दूर-दराज़ के इलाके में भी गुज़ारे, फिर एक दिन वह चुपचाप अपना थियेटर बन्द करके उस पहाड़ी इलाके से रुखसत हो गया, मगर थियेटर और स्टेज और ड्रामे का चस्का ऐसा हम लोगों को लगा गया कि उसके बाद पच्चीस-तीस साल तक पूंछ के सांस्कृतिक जीवन में थियेटर को सबसे ज़्यादा महत्त्व मिला। हम लोग हर साल ड्रामे करते थे और धार्मिक त्यौहारों के मौके पर रामायण और महाभारत से सम्बन्धित ड्रामे अक्सर खेले जाते थे, जिसमें हर धर्म व मज़हब के लोग शरीक रहते थे। अली मुहम्मद झल्ला हनुमान बनता था और जब शहर में झांकी निकलती थी, तो जुलूस के आगे हनुमान बनकर दुम हिला-हिलाकर बड़ी मस्ती से नाचता था। एक दफा जब उसे अर्जुन का पार्ट मिला तो 'द्रोपदी चीर हरण' के मौके पर उठकर दुर्योधन से दूबदू लड़ाई करने लगा, "साला मेरी बीवी के कपड़े उतारना चाहता है, समझता क्या है, मैं सूबेदार जानमुहम्मद खां का बेटा हूं, सूदन हूं, मार-मारकर तेरा पलस्तर उखाड़ दूंगा!" "मगर यह तो ड्रामा है।" मैंने उसे समझाया।

"ड्रामा-व्रामा कुछ नहीं।" अली मुहम्मद गुस्से से लाल होते हुए बोला, "इसने द्रोपदी को हाथ लगाया, तो इसकी जान की खैर नहीं।"

बड़ी मुश्किल से मैं उसे स्टेज से घसीटकर परे ले गया, मगर वह नहीं माना, आखिर उसने अपना पार्ट का कागज़ी मसौदा स्टेज से नीचे फेंक दिया और अर्जुन का पार्ट करने से इन्कार कर दिया।

अब मुसीबत यह थी कि अर्जुन का पार्ट कौन करे? किसे अर्जुन

का पार्ट याद था, सोच-सोच के याद आया कि पिछले साल इमामदीन वैक्सीनेटर ने अर्जुन का पार्ट किया था और बहुत अच्छा किया था, मगर मुसीबत यह थी कि इमामदीन वैक्सीनेटर का तबादिला आज से छः माह पहले तहसील मेंहडर में हो चुका था और ड्रामा आज से तीन दिन बाद शिवजी के मन्दिर के विस्तृत आंगन में होनेवाला था, पिताजी से मैंने कहा कि वह इमामदीन वैक्सीनेटर को मेंहडर से बुलवा लें, मगर उन्होंने साफ इन्कार कर दिया, आखिर हम लोग यह मुआमला सीधे राजा साहब के पास ले गए, उन्होंने विशेष आज्ञा से एक सवार मेंहडर भेजा और वह तीसरे दिन सुबह सवेरे ही वैक्सीनेटर इमामदीन को मेंहडर से ले आया।

इमामदीन एक मामूली गरीब, चौदह रुपये तनख्वाह पानेवाला वैक्सीनेटर था, जो गांव-गांव घूमकर लोगों को चेचक के टीके लगाता था। मैंने उसकी गरीबी के बावजूद उसे कभी उदास और गमगीन नहीं देखा, वह खुद भी हर वक्त हंसता रहता था और दूसरों को भी हंसाता रहता था। उसकी निगाह साफ और दिलरोशन था, जिस ज़ौक और शौक से वह अपने इमामबाड़े में अनीस के मरसिये पढ़ता था, उसी शौक और सरगर्मी से वह रामायण और महाभारत के ड्रामों में हिस्सा लेता था, आज जब घर-घर में नफरत की चेचक फैली है, मुझे वह टीके लगानेवाला इमामदीन बहुत याद आता है।

मैं एक शहर था, एक निगाह, एक अन्दाज़, ज़िन्दा रहने का एक तरीका...मैं कोई बहुत बड़ा, बहुत मज़बूत शहर न था, मैं तो निहायत ही नाज़ुक, निर्मल और प्रसन्नचित्त स्वच्छबदन शहर था। फूल की पत्ती की तरह नाज़ुक शबनम की तरह शीतल और किसी हसीन की निगाह की तरह शरमा जानेवाला.. मैंने खुशी देखी थी, विश्वास और भरोसा और स्वच्छ हाथों का स्पर्श मुझे प्राप्त था, मैं कोई अमीर शहर न था।

सारे शहर में एक भी लखपती नहीं था और राजाजी शहर के बाहर रहते थे और बच्चों के लिए इस शहर के सारे दरवाज़े हमेशा खुले रहते थे और इस शहर में रहनेवाले लोग सब बच्चे थे, क्योंकि तुम उन लोगों की आंखें पढ़ सकते थे और उनकी मासूम ख्वाहिशों की तितलियां गिन सकते थे, आजकल की आंखों को पढ़ना बहुत मुश्किल है, तितलियों ने अपने पर समेट लिए हैं और भयभीत होकर दिल की अंधेरी गुफाओं में जा के छिप गई हैं।

मैं एक शहर था, मगर कोई मेरे अन्दर रहता न था, मैं सबके अन्दर रहता था।

मैट्रिक पास कर लेने के बाद मैं उच्च शिक्षा हासिल करने के लिए लाहौर आ गया, मैं फार्मन क्रिश्चियन कालेज में दाखिल हो गया और महेन्दर डी० ए० वी० स्कूल में। मांजी भी हमारी देखभाल के लिए लाहौर चली आई और हम सब लोग अपने तायाजी के साथ अपने पुरखों के घर में रहने लगे, अब पुंछ से नाता कटने-सा लगा...साल में सिर्फ एक-आध बार ही जाना होता था, और वह भी गर्मियों की छुट्टियों में एक-आध माह के लिए, बाकी समय छुट्टियों का इधर-उधर गुज़ार लेते थे, क्योंकि अब एक बड़ी दुनिया देखने को मिल रही थी।

मगर एक माह के लिए पुंछ ज़रूर जाते थे, और सब दोस्त एक-दूसरे को खत लिखकर लगभग एक दिन या एक ही हफ्ते की तारीखों में पुंछ में इकट्ठे हो जाते थे, अलीमुहम्मद झल्ला ने दो साल तक गार्डन कालेज रावलपिंडी में पढ़ने की कोशिश की थी, फिर उकताकर फौज में नौकरी कर ली थी, उसके मिज़ाज में कोई परिवर्तन नहीं आया था।

दुनिया बड़ी तेज़ी से बदल रही थी, श्रीनगर में शेख अब्दुल्ला ने मुस्लिम कान्फ्रेंस की बुनियाद डाल दी थी, रियासत में हंगामे और साम्प्रदायिक दंगे शुरू हो गए थे। रियासत के बाहर से पंजाब में 'अहरारियों' ने मुस्लिम कान्फ्रेंस के समर्थन में एजिटेशन शुरू कर दी थी। इंग्लैंड के अखबारों में उन दिनों जिस तरह के बयान और एडीटोरियल छपते थे, वह बिल्कुल उस प्रकार के होते थे, जिस तरह कि वह आज की हिन्दोस्तान और पाकिस्तान की खींचातानी के बारे में छापे जाते हैं, उन दिनों भी इंग्लैंड का रवैया वही था जो आज है, हालांकि उन दिनों हिन्दोस्तान पर अंग्रेज़ों की हुकूमत थी, एक तरफ अंग्रेज़ी शासन अहरारियों को स्यालकोट के मुकाम पर गिरफ्तार कर रही थी, दूसरी तरफ वह महाराजा हरिसिंह पर दबाव डाल रही थी और गुप्त रूप से उन लोगों की मदद कर रही थी, जो रियासती हुकूमत के विरुद्ध एजीटेशन कर रहे थे।

हालांकि अब पुंछ से रेज़ीडेन्सी की शाखा उड़ा दी गई थी और पुंछ को तमाम रियासती मामलों में कश्मीर की हुकूमत की तहवील में दे दिया गया था, फिर भी इस इलाके में अंग्रेज़ी अफसरों और अंग्रेजी रेज़ीडेन्सी के कारकुनों का आना-जाना लगा हुआ था। मैं कश्मीर के दूसरे इलाकों के बारे में निजी तौर पर उन झगड़ों के बारे में कुछ नहीं कर सकता, लेकिन पुंछ के इलाके के साम्प्रदायिक झगड़ों का आंखों देखा हाल जानता हूं। यह झगड़े 1947 ई० के देश-विभाजन से बहुत पहले किए गए लेकिन उनके क्रम, संघटन और प्रभाव का सिलसिला बिल्कुल वही था जो सन्' 47 ई० के फसादों का था, बल्कि यों कहना चाहिए कि कश्मीर के यह झगड़े सन्' 47 ई० के झगड़ों की रिहर्सल थे और उनके अन्दर वही ताकतें काम कर रही थीं जो सन्' 47 ई० के झगड़ों में शामिल थीं, यह झगड़े उस समय तक खत्म नहीं हुए, जब तक महाराजा हरिसिंह ने मजबूर होकर गिलगित का इलाका अंग्रेज़ों

की खास अमलदारी में नहीं दे दिया।

वह दिन पुंछ के आखिरी दिन थे, उन दिनों के बाद मैं भी फिर कभी पुंछ नहीं गया। उस एक दिन की याद मैं कभी अपने दिल से नहीं भुला सकता। मैं ठाकुर मोहनसिंह का भाई ठाकुर अनन्तसिंह जो सुपरिण्टेण्डेण्ट पुलिस था और अलीमुहम्मद घोड़ों पर सवार होकर घूमने के लिए निकले थे। आकाश सफेद-सफेद बदलियों से घिरा हुआ था। एक शुगवार सर्दी चारों तरफ छाई हुई थी। हम लोगों ने बेताड़ के किनारे की ढक्कियों का रुख किया था।

सहसा हमें ऊपर की ढक्कियों से हिन्दू और सिख रिफ्यूजियों का पहला काफिला नज़र आया, जो अपने बीवी-बच्चों, माल व असबाब और जानवरों को लेकर पुंछ की तरफ आ रहा था, उन लोगों को हाजी पीर, अलिआबाद और उनके नीचे की घाटियों और वादियों से निकाल दिया गया था, जहां ये लोग हज़ारों साल से रहते चले आए थे और अब यह लोग जान बचाकर पुंछ के शहर में शरण लेने आ रहे थे। इस देश में रिफ्यूजियों का यह पहला काफिला था जो बरसों बाद एक खौफनाक काखान की शक्ल इख्तियार करनेवाला था।

उन लोगों को देखकर हमारे दिल धक् से रह गए, हम लोग उनसे कुछ कह नहीं सके। ठाकुर मोहनसिंह ने अपने घोड़े की बागें वापस मोड़ दीं और हम लोग बेताड़ के किनारे-किनारे घोड़े भगाते हुए पुंछ के दरिया की तरफ चले गए, जिसपर लकड़ी का एक बहुत ही खूबसूरत पुल था।

इस पुल पर भी रिफ्यूजियों की एक लम्बी कतार चली आ रही थी, जो हजीरे के पार से उन इलाकों से आ रहे थे, जिन्हें पुलन्दरी और रावला कोट के इलाके कहा जाता है।

घबराकर हम लोग पलटे और घोड़े दौड़ाते हुए निगाली साहब

को जानेवाली सड़क पर निकल गए, जो सुरहन की वादी की ओर जाती है।

एक काफिला उधर से भी चला आ रहा था।

चारों तरफ से रिफ्यूजी काफिले पुंछ पर धावा करते चले आ रहे थे, मगर यह लोग विजयी न थे, बदनसीब थे, जिन्हें उनके घरों से निकाल दिया गया था और उनकी ज़मीनों से बेदखल कर दिया गया था। यह लोग डोगरे भी न थे, उनमें अधिकांश संख्या ब्राह्मणों की थी और फिर सिख किसानों के किसी भी गांव के सौ घरों में दो घर हिन्दुओं के थे, तो किसीमें चार घर, किसीमें दस घर, किसीमें पन्द्रह। आबादी की यही औसत मुगलों के शासन में थी, यही सिखों के शासन में, यही डोगरों के। कभी किसी हुकूमत ने इस औसत को बदलने की कोशिश नहीं की, न मुगलों ने मुसलमान किसानों से कम लगान वसूल किया, न सिख डोगरों ने हिन्दुओं और सिख किसानों को किसी किस्म की रियायत दी। उनसे हमेशा एक ही जाति का सा सुलूक किया गया और यह सभी लोग एक ही लाठी से हांके गए, इसलिए जब उन रिफ्यूजियों से कहा गया कि उनपर जो कुछ हो रहा है, दो कौमों की थ्यौरी के अधीन हो रहा है, तो अगर वह उसे अच्छी तरह से समझ न सके हों तो उसमें उनका अधिक अपराध नहीं है।

उस दिन चार-छः घंटे की घुड़दौड़ रही, मगर चारों तरफ से पुंछ की वादी में बाहर से आनेवाले काफिलों की आमद ने हमें भयभीत कर दिया, अब किसीके पास कुछ कहने को नहीं था। सबके होंठ सिले हुए थे और सबसे अधिक अलीमुहम्मद के सिले हुए थे।

वह उसी दिन अपने वतन पुलन्दरी की तरफ रवाना हो गया, मैंने उसे बहुत रोका, बहुत रोका, मगर वह नहीं रुका क्योंकि हिन्दू सिख रिफ्यूजियों के आने से शहर के मुसलमान भी परेशान होने लगे थे और

उन्हें शहर में अपनी ज़िन्दगी खतरे में नज़र आ रही थी। यह सब बातें एक चैन रेक्शन की तरह चलती हैं।

मैं स्वयं हजीरे के पुल तक उसे छोड़ने गया था, क्योंकि हम दोनों सगे भाइयों की तरह एक-दूसरे को चाहते थे और यह जुदाई बहुत कठिन थी, मैं उसकी आत्मा था तो वह मेरी शक्ति था, वह मेरा गुस्सा था, तो मैं उसकी गम्भीरता था, वह आग था तो मैं दरिया था, हम दोनों एक-दूसरे को सम्पूर्ण करते थे और अब हम जब तक एक-दूसरे से जुदा रहेंगे अपूर्ण रहेंगे।

रास्ते-भर हम दोनों चुप रहे, रास्ते में हमें चश्मे मिले, जो नदियों की तरफ बढ़ रहे थे, नदियां मिलीं, जो दरियाओं में जा के मिल जाती थीं, धान के खेत मिले, जो हरी-हरी झंडियां उठाए हमारा स्वागत कर रहे थे। ऊंचे-ऊंचे पेड़ मिले, जो पत्तों के नथुने फैलाए, जंगलों की हवाएं सूंघ रहे थे।

सभी एक-दूसरे के इन्तज़ार में हैं, फिर हम क्यों एक-दूसरे से जुदा हो रहे हैं।

हजीरे का पुल करीब आ गया, सहसा घोड़ों की टापें बन्द हो गईं। वह घोड़े से नीचे उतरा, हम दोनों एक-दूसरे से गले मिले, मेरी आंख में आंसू थे, उसकी आंखों में नहीं थे, क्योंकि वह बहुत बहादुर था। फिर वह अपने घोड़े पर बैठ गया, मैं अपने घोड़े पर। मैंने काठी से बंधी हुई एक टोकरी खोलकर उसे दी, कहा, "यह तुम्हारा नाश्ता है, मांजी ने भेजा है।"

उसके होंठ ज़रा-से कांपे, मगर उसने कुछ कहा नहीं, नाश्ता लेकर अपनी काठी से बांध लिया और आंखें झुकाकर कानाफूसी की सी आवाज़ में बोला:

"बस, अब तुम आगे मत आना।"

"क्यों?"

"बस...अब यहां से मेरा-तुम्हारा रास्ता अलग होता है, आज के बाद, मैं तुमसे कभी नहीं मिलूंगा। आज से मेरे-तुम्हारे दर्मियान कोई चीज़ साझे की नहीं है, आज से तुम्हारा-मेरा नाता टूट गया।"

"तो क्या हुआ?" मैंने एक कड़वी मुस्कराहट से उससे कहा, "कभी चांद भी हमारी ज़मीन का एक हिस्सा था, वह टूटकर हमसे अलग हो गया तो क्या हुआ, हम ज़मीन के लोग आज भी चांद से प्यार करते हैं।"

उसने कोई जवाब नहीं दिया, वह घोड़े को एड़ लगा के पुल पर ले गया। मैं पुल के इस पार ही खड़ा रहा, वह मेरी तरफ पीठ किए घोड़े पर सवार पुल की दूसरी तरफ जाने लगा। तीस वर्ष बाद आज भी कल्पना की आंख में अलीमुहम्मद की वही तस्वीर नज़र आती है, वह मुझसे पीठ मोड़े पुल की दूसरी तरफ जा रहा है।

शायद जिस रोज़ अलीमुहम्मद हजीरे के पुल के उस पार चला गया था, उसी रोज़ पाकिस्तान बना था।

ज्यों-ज्यों बाहर से काफिले आते गए, शहर का संतुलन बिगड़ता गया, सिर्फ बाहरी संतुलन ही नहीं, उसका मांसल संतुलन भी बिगड़ने लगा। पीड़ा और खिंचाव की परिस्थिति पूरे शहर में दौड़ने लगी। एक आवेश और उन्मादी दशा ने शहर को छा लिया। शहर बीमार था और बीमारी बढ़ती जा रही थी। पहले रोज़ दो हज़ार रिफ्यूजी आए, दूसरे दिन पांच हज़ार आए, तीसरे रोज़ दस हज़ार आए, दस दिन के बाद शहर में बाहर से आए रिफ्यूजी अधिक थे और शहर के असली बाशिन्दे कम!

शहर से पहले मुसलमानों का निष्क्रमण शुरू हुआ, फिर उनकी देखा-देखी अमीर हिन्दू और सिख घरों के व्यक्ति भी अधिक सुरक्षित स्थानों की तरफ जाने लगे, यानी जम्मू और रजौरी की तरफ, जहां

हिन्दू आबादी अधिक थी, या पंजाब की तरफ।

एक दिन मैंने वसुन्धरा और उसके शौहर को सामान बांधे एक लारी में सवार होते देखा (अब पुंछ में लारियां चलनी शुरू हो गई थीं), लारी में बहुत-से मुसाफिर पहले से बैठे थे, ड्राइवर बड़ी तीखी और तेज़ आवाज़ में वसुन्धरा और उसके पति को देर से आने पर डांट रहा था और वह लोग सर झुकाए सब सुन रहे थे, और क्लीनर उनका सामान ऊपर छत पर रख रहा था।

मैंने वसुन्धरा के शौहर से पूछा :

"क्या शहर छोड़कर जा रहे हो?"

"हां!" उसने बड़े तीखे और कड़वे स्वर में कहा।

मैं लारी के आगे-पीछे इधर-उधर देखने लगा, लोग आ-जा रहे थे। अपने-अपने कामों में व्यस्त, परेशानहाल, कोई वसुन्धरा और उसके शौहर को विदा करने के लिए न आया था, न कोई उन्हें रोकने के लिए मौजूद था। आज से कई वर्ष पहले का वह दिन मेरी निगाहों में घूम गया जब शहर के हज़ारों लोग इकट्ठे होकर अपने शहर की खूबसूरती को मनाकर वापस लौटे थे।

आज फिर वसुन्धरा चली जा रही थी, मगर आज उसे कोई रोकनेवाला मौजूद न था।

वसुन्धरा लारी में इस तरह बैठ गई, जैसे शमा ताकचे में। फिर लारी हौले से हिचकोले खा के चल दी, वह चली गई और यह शहर मर गया, उसी दिन मर गया जिस दिन इसकी खूबसूरती चली गई और किसीने उसे जाने से नहीं रोका। यूं तो शहर आज भी ज़िन्दा है और आगे भी ज़िन्दा रहेगा, लोग भी आ के इसमें रहेंगे और बच्चे भी उसकी अंगनाइयों में खेलेंगे, मगर वह शहर जिसे मैं जानता था, वह तो उस दिन मर गया...

वह मेरा शहर था, जिसमें भिन्न प्रकार की नस्लें और जातें, धर्म और मज़हब, स्वप्न और विश्वास, अलग-अलग रंगों की डोरियां बंटते, आपस में उलझते-सुलझते, घुलते-मिलते जल्वए-हुस्न हज़ार रंग की तरह दिखाई देते थे। मुझे हिन्दू-मुस्लिम फसादों का दुःख नहीं है, एक दिन लोग इन फसादों को भी भूल जाएंगे, मुझे मुगल राज्य, सिख राज्य, डोगरा राज्य, अंग्रेज़ी राज्य के जाने का भी दुःख नहीं है, क्योंकि मेरे पास साधारण लोगों की तरह खोने के लिए बहुत कम है मगर वह शहर मैं नहीं भूलता जिसके आईनाखाने में मैंने पुराने हिन्दोस्तान की आपस में मिल-बैठकर अमन-चैन से रहने की भरी-पूरी रवायत देखी थी। उस शहर के कलस अक्सर मेरी तनहाइयों में चमक उठते हैं और याद दिलाते हैं उस खूबसूरती की, जिसे हमने अपनी हिमाकत से जलावतन कर दिया। कैसे भुला दूं उस शहर को? कैसे मुआफ कर दूं उसके कातिलों को? अफसोस! आज कोई उस कत्ल का इंसाफ करनेवाला नहीं है, क्योंकि वह मेरा शहर था और उसके मरने का दुःख केवल मुझको है।

9

मेंहडर की मूर्तियां

मेंहडर में बहुत-सी नदियां और नाले हैं, धूप भी बहुत है, बारिश भी अच्छी होती है, अधिकांश ज़मीन तीन-चार हज़ार फुट ऊंची है। पहाड़ कहीं पर भी छः-सात हज़ार फुट से ऊंचे नहीं हैं और दूर-दूर हैं, गर्मी भी कम है, सर्दी भी कम है, बर्फ भी ज़्यादा नहीं गिरती, जलवायु और ऋतुएं अनुकूल और मनोहर हैं, आकाश चमकीला, हवा ठंडी, पानी मीठा, भरी-पूरी, लम्बी-लम्बी, तिकोनी वादिया हैं, नीली नदियां हैं, जो वास्तव में पानी की पगडंडियां हैं, उनके आसपास, इर्द-गिर्द, ऊपर-नीचे मैदानों और घाटियों में किसानों की मेहनत कई रंगों में जगमगाती है, सुनहरा रंग, गेहूं की बालियों का, हरा रंग धान का, सफेद रंग मक्का का, लाल रंग सेब का, पीला रंग आलूचों का, ऊदा रंग सुंबलू की बेरियों का, खुशी की धनुक खिली है।

जब मैं मेंहडर को याद करता हूं, तो मेरी निगाहों में पुराने बीते हुए भूले-बिसरे हिन्दोस्तान की खुशहाली की झांकियां गुज़रने लगती हैं। पुंछ का इलाका मेंहडर का सबसे उपजाऊ इलाका था, जिस ज़माने का मैं ज़िक्र करता हूं, उस ज़माने में मेंहडर में गेहूं रुपये का तीस सेर मिलता था, मक्का रुपये की पचपन सेर, घी रुपये का चार सेर, धान रुपये का सोलह सेर (असली बासमती और शाहबेगी), अण्डे एक आने के छः और दूध? दूध की कोई कीमत न थी। जो किसान दूध के

पैसे लेता था उसे बिरादरी में बहुत बुरा समझा जाता था, यह आज से लगभग पचास वर्ष पहले की बात है, तो सोचिए आज से एक सौ वर्ष पहले, दो सौ वर्ष पहले, तीन सौ वर्ष पहले क्या हालत होगी? और यह जो हम पुरानी किताबों में पढ़ते हैं कि आज से शताब्दियों पहले हिन्दोस्तान में दूध की नदियां बहती थीं और इसे सोने की चिड़िया और स्वर्ग का चिह्न कहा जाता था, तो कुछ ज़्यादा गलत नहीं कहा जाता था। उस ज़माने के मेंहडर के किसान अपना सूत ख़ुद कातते थे, अपनी लोइयां और कम्बल खुद तैयार करते थे, अपनी फसल खद उगाते थे, अपनी सब्ज़ियां खुद पैदा करते थे, अपने मकान चाहे वह कच्ची मिट्टी के क्यों न हों खुद बनाते थे। उस ज़माने के मेंहडर के हर किसान के घर के चारों तरफ फलदार पेड़ों का एक छोटा-सा बाग होता था, जिसमें से वह खूबानियां, हाड़ियां, नाशपातियां और सेब तोड़-तोड़कर खाते थे, इसके अलावा मेंहडर के जंगल के जंगल अपने-आप उगनेवाले फलों के पेड़ों से भरे हुए थे। जंगली सेब और अनार और बटंग, रास्ते चलते-चलते कोई भी मुसाफिर उन पेड़ों की घनी छांव में बैठकर उन फलों का मज़ा चख लेता था, जो प्रकृति के माली ने सबके लिए पैदा किए थे। उस ज़माने के मेंहडर में रेडियो नहीं था, सिनेमा नहीं था, रेल, मोटर तांगा, तक नहीं था। लेकिन लोग खुश थे और जब लोग यह कहते हैं कि मशीनों के बगैर ख़ुशी मुमकिन नहीं है, तो मुझे यकीन नहीं आता, मैंने मशीनों के बगैर भी खशी देखी है, मैं यह नहीं कहता कि मशीनों को हमारे जीवन से बाहर निकाल दिया जाए। मशीनों को अब हमारे समाज से बाहर निकाला नहीं जा सकता। ठीक भी नहीं होगा, लेकिन यह कि खुशी सिर्फ मशीनों से उगती है, मैं विश्वास नहीं कर सकता, दो वक्त पेट भर खाने को मिले, मोटा-मोटा पहनने को मिले, दोस्तों और साथियों की मुहब्बत मिले, तो आदमी कच्ची मिट्टी के घर में या खुले

आसमान तले भी खुश रह सकता है, मैंने वह खुशी देखी है, जो मशीनों की मोहताज नहीं थी। पुराने ज़माने में हल किसान के लिए था, किसान हल के लिए नहीं था। आज मशीनों का महत्त्व मनुष्य से अधिक है। चारों तरफ मशीनों के जंगल उगे हैं और खुशी कहीं नहीं है।

मेंहडर में हम सात साल रहे, चार साल बचपन में और तीन साल जवानी में! किन्तु बीच का अन्तर भी ऐसा मालम होता है, जैसे मेंहडर ही में गुज़रा हो, क्योंकि मेंहडर को मैं कभी भूल नहीं सका, उसका सुनहरा साया साथ-साथ ही चलता रहा। मेंहडर मेरे पहले कदमों का गांव है, मेंहडर ही में मैंने पहली बार अलिफलैला पढ़ी और मुंशी प्रेमचन्द को पढ़ा, मेंहडर ही में पहली बार मैंने महात्मा गांधी का नाम सुना और उनकी छूत-छात, जाति-पांति को हटा डालनेवाले आन्दोलन के सिलसिले में मेरे पिताजी ने मुझसे वचन लिया कि मैं कभी अपनी जाति पर गर्व नहीं करूंगा, मैं कभी अपने नाम के आगे अपनी जाति नहीं लिखूंगा, मेंहडर की नदियों में पहली बार अच्छी तरह से तैरना सीखा, पहला प्रेम मेंहडर में किया, पहली चार कहानियां मेंहडर में लिखीं, जेहलम में नाव पर, आंगी, मुसव्विर की मुहब्बत और यरकान, मेरे पहले नॉवेल पराजय की पृष्ठभूमि मेंहडर है, मेरी ज़िन्दगी की बहुत-सी शुरुआत मेंहडर से होती हैं।

मेंहडर में मेरी मां का भी सुनहरी ज़माना था, उसी ज़माने में मैं अपनी मां के बहुत निकट आया, अभी तक मेरे बचपन के हीरो मेरे अपने पिताजी थे और वह हमेशा रहे। लेकिन उस ज़माने में मैंने पहली बार अपनी मां को जाना और औरत को समझा और यह महसूस किया कि एक खुशहाल समाज में खुशी देने के लिए औरत की हस्ती कितनी महत्त्वकारी है। मेंहडर में हमारे अस्पताल के इर्द-गिर्द बहुत बड़ा था, फलदार दरख्तों से भरा हुआ, उसके चारों ओर बहुत-सी

ज़मीन थी, जिसमें मांजी अपनी निगरानी में गेहूं, मक्की और रुई उगाती थीं, ज़मीन के चारों ओर की घाटियों पर बहुत घास उगती थी, जहां आकर माताजी ने गाय-भैंसें भी पालीं और बकरियां भी रखीं। दिन-भर वह घर से खेत और खेत से बाग और बाग से पालतू जानवरों, की देखभाल में भय अपने पति तथा बच्चों के लगी रहतीं। सहसा वह डाक्टर की पत्नी से एक भरे-पूरे परिवार की किसान औरत बन गईं, उनका दबा-घुटा व्यक्तित्व एक फूल की तरह खिल उठा। वह एक कामधेनु थीं, जिसकी छत्रछाया में कई परिवार पलते थे, जिससे हम सब कुछ मांग सकते थे। मर्द मांगकर और लालची होता है, औरत देकर कितनी खुश होती है, इस अन्तर का अनुमान भी मुझे यहीं हुआ। बलिदान और त्याग, दूसरे में घुल जाना, अपने-आपको बांटते जाना, ममता और प्यार, इन्सान और मेहनत, मुहब्बत और हरियाली, दुःख को अपने अन्दर सीमित कर लेना और सुख को धूप की तरह सबमें बांट देना, जीवन और समाज की कितनी ऐसी प्रतिष्ठाएं हैं जो केवल मां ने हमें दी हैं।

मेंहडर की एक रस्म मुझे बहुत अच्छी लगी थी, इन्सान खुशहाली में सिर्फ अमन व चैन ही से नहीं रहता है, वह रस्म और रीति-रिवाज़ का भी निर्माण करता है, इसी तरह की एक सुन्दर रस्म थी वह, जिसमें गांव की सब औरतें बिना धार्मिक भेदभाव के हिस्सा लेती थीं, स्त्रियां और बच्चे भी उसमें शामिल होते थे...छोटी-छोटी सुन्दर टोकरियों में किसी एक विशेष निश्चित दिन को मिट्टी भरी जाती थी और उसमें कोई अनाज बोया जाता था, वह अनाज क्या होता था, यह मुझे आज याद नहीं, मुझे इतना याद है कि उसमें से धान की तरह पतली-पतली नुकीली कोंपलें निकलती थीं, हर रोज़ उस टोकरी में पानी डाला जाता था और यह टोकरी घर के सहन में या छत से या

किसी ऐसी जगह पर लटका दी जाती थी, जिसपर किसीका हाथ न पड़े और रोशनी में उस झूलती हुई टोकरी में बीज डालकर रोज़ उसे पानी दिया जाता था। हौले-हौले उस टोकरी में नोकदार हरी कोंपलें फूटतीं फिर शाख फूटकर बड़ी होने लगतीं, ऊंची होने लगतीं और जब वह टोकरी से करीबन बारह इंच ऊंची हो जातीं, तो फिर एक विशेष निश्चित दिन को गालिबन इक्कीसवें रोज़ या इकत्तीसवें रोज़ उस टोकरी को उठाकर नदी की तरफ ले जाने का दिन आ जाता। उस दिन गांव की सारी स्त्रियां हिन्दू और मुसलमान और सिख औरतें छोटी-छोटी सुन्दर रंगदार टोकरियों में हरे अनाज की कोंपलें उठाए अपने बच्चों को साथ लिए गीत गाती हुई मेंहडर नदी की ओर रवाना होतीं और नदी के किनारे पहुंचकर पुरशोर गीतों के दर्मियान उन टोकरियों को नदी के पानी में तीन मर्तबा डालकर बाहर निकाल लिया जाता, फिर बच्चों से कहा जाता कि वह अपनी छोटी कुंवारी बहनों के पांव धोएं और जिसकी कोई बहन नहीं होती थी, वह दूसरी बहनों के पांव धोता था। उसके तुरन्त बाद ही सब बच्चों में दही, गुड़, कूजा, मिश्री, मुरमुरे, छुहारे, बताशे और भुनी हुई मक्की के दाने बंटते थे और फिर बच्चों के शोर और स्त्रियों के गीतों के बीच यह उगती हुई फसल की टोकरियां पानी के सुपुर्द कर दी जातीं।

पानी में बहती हुई उगती हुई फसल की हरी-हरी टोकरियां बड़ी भली मालूम होती थीं, ऐसा लगता था जैसे हरी-हरी फसल के सैकड़ों टापू पानी में नाच रहे हों, फिर धम्म से सारे नंग-धडंग बच्चे पानी में नहाने के लिए कूद पड़ते। मुझे पानी बहुत अच्छा लगता है, पानी में सब बराबर होते हैं, पानी में सब नंगे होते हैं, पानी में सबका धर्म एक होता है और पानी हर एक की गन्दगी धोता है।

यह रस्म मुझे शायद इसलिए भी याद रह गई है कि पहले दो

साल मुझे दूसरे खानदानों की बहनों के पांव धोने पड़ते थे, क्योंकि हमारी अपनी कोई बहन न थी और दूसरे समवयस्क लड़कों ने मेरा और महेन्दर का बहुत मज़ाक उड़ाया था कि हमारी कोई बहन नहीं है और घर जाकर हमने भी शिकायत करते हुए अपनी मां से पूछा था कि हमारी कोई बहन क्यों नहीं है? जब हर घर में बहनें मौजूद हैं, तो हमारी बहन कहां है? जैसे इस सवाल के जवाब में अगले साल हमारी बहन सरला ने हमारे घर में जन्म लिया था और हम कितने खुश थे, अगले साल उस रस्म (परिपाटी) के मनाने पर। शायद उस परिपाटी (रस्म) के मनाने की एक वजह यह भी है कि इस मर्दों की प्रधानता माननेवाले समाज में स्त्री का महत्त्व और इज़्ज़त को बरकरार रखा जाए, शायद औरतें ही वह सुन्दर और रंगीन छोटी-छोटी टोकरियां हैं, जो नई फसल की हरी-हरी कोंपलें अपनी गोद में उठाए ज़िन्दगी के रेलों पर बहती चली जाती हैं और सूर्य की धूप, ज़मीन की उपज और जीवन-अमृत का प्रतीक हैं।

एक दिन खबर आई कि मेंहडर से दो-ढाई मील दुर सखीपीर के मज़ार (कब्र) के करीब एक मुसलमान किसान हल चला रहा था कि उसका हल खेत में किसी सख्त चीज़ से टकराया और टकराकर रुक गया। किसान ने झुककर देखा तो ज़मीन में दबा हुआ उसे किसी हिन्दू देवता का सर नज़र आया, जो पत्थर का था और अब हल से टकराकर गर्दन के करीब से टूट गया था और अब उस टूटे हुए पत्थर के सर से रक्त बह रहा था। वह किसान यह मंज़र (दृश्य) देखकर अपने हल और बैल वहीं खेतों में छोड़कर भाग गया और अपने गांव के ब्राह्मण पंडित मिश्रजी को बुला लाया। मिश्रजी ने भी जब उस पत्थर के सिर से रक्त बहता हुआ देखा तो आश्चर्य में डूब गए, कुछ देर के बाद उन्होंने

अपने-आपको संभाला, गांव के दूसरे लोगों को इकट्ठा किया और उनसे इस खेत में खुदाई करने को कहा। मुसलमान किसानों ने पहले तो साफ इन्कार कर दिया, मगर मिश्रजी के समझाने-बुझाने और मंत्र फूंकने पर वह लोग राज़ी हो गए और खेत खोदने लगे, खेत खोदते-खोदते पुराने पत्थरों की एक बावली निकल आई और उसमें से पानी फूट-फूटकर बहने लगा। उस पुरानी सुर्मई रंग के पत्थरों की बावली के किनारे चार सर और मिले, वह भी पत्थर के बने हुए थे और सर पर मुकुट पहने हुए थे।

मिश्रजी ने उन पांचों सरों को बावली के पानी से धोकर पत्थर की एक सिल पर सजा दिया और बोले :

"यह पांचों सर पांडवों के हैं और यह बावली भी उन्हींकी है। यह बावली अब तक गुप्त थी, मगर अब जहूरे की गलती से प्रकट हो गई है लेहाज़ा (अतः) यहां पर फौरन यज्ञ होना चाहिए, वरना देवताओं के क्रोध से प्रलय आ जाएगी और इस साल की सारी फसल मारी जाएगी।"

जहूरबख्श एक अच्छा खाता-पीता किसान था, उसने फौरन अपनी गलती तस्लीम (स्वीकार) कर ली और तै पाया कि न सिर्फ इस साल,बल्कि हर साल इस जगह पर एक यज्ञ किया जाएगा, इस खुशी में कि पांचों पांडव यहां भी आए थे, घूमते-घूमते वे अदृश्य बनवास के दिनों में मेंहडर में भी पधारे और ठहरे थे। यह बात हम सब मेंहडरवासियों के लिए बड़े गर्व और अभिमान की थी क्योंकि इस बावली के मालूम होने से पहले सखीपीर के मज़ार से छः कोस दूर राम-सीता-लक्ष्मण कुंड मालूम हो चुके थे, मगर वह मेंहडर में नहीं थे, बल्कि तहसील हवेली की सीमा में आते थे, इसलिए उन पुराने चिह्नों का मालूम होना मेंहडर वालों के लिए बहुत ही शुभ और

आनन्द का समय था।

ज्योंही यह खबर मिली कि एक पत्थर की टूटी मूर्ति के सर से खून बह रहा है और एक पुरानी बावली पांच पांडवों की दरियाफ्त हुई है त्योंही जन-समूह उसे देखने के लिए जाने लगे, हम भी गए।

सखीपीर के मज़ार (कब्र) के नीचे तीन खेत नीचे नदी की तरफ जानेवाली ढलान के एक खेत में यह पुरानी बायली उभरी थी, हम लोग सूरज डूबने के समय पहुंचे, बावली का पानी अब साफ हो चुका था और उसमें डूबते हुए सूरज का सुनहरा रंग धुल गया था। हमने पानी चखकर देखा बहुत ठंडा और मीठा था। बावली के ऊपर सबसे ऊपर ऊंची पत्थर की सिल पर वह पांचों सर पत्थर के रखे हुए थे, जो पांडवों के थे।

"किस सर से खून बहता था?" मैंने मिश्रजी से पूछा।

"युधिष्ठिर के सर से।" मिश्र ने बताया।

"आपको कैसे मालूम है, यह युधिष्ठिर का सर है? मैंने पूछा।

मिश्रजी ने एक सर की ओर इशारा करके कहा, "देख लो, यही युधिष्ठिर का सर है, क्योंकि यह बाकी सरों से बड़ा है, यही सबसे बड़े भाई का सर हो सकता है।"

"बेशक! बेशक!!" बहुत-से किसानों ने सर हिलाकर मिश्र का समर्थन किया।

"मगर इसमें से खून तो कहीं नहीं बहता है?" मैंने मिश्रजी से पूछा।

"देवताओं का खून किसीको दृष्टिगोचर नहीं होता!" मिश्रजी बोले, "यह जहूरा बहुत भाग्यवान था, इसको नज़र आ गया, पर अब यहां इस जहूरे को और इस इलाके के आसपास के गांव बालों को यज्ञ करना पड़ेगा, नहीं तो विपत्ति आ जाएगी।"

जहूरा बड़े फख्र (गर्व) से छाती ठोंककर बोला, "मिश्रजी! अल्ला

ने चाहा तो यहां पर जग्य (यज्ञ) होगा और ज़रूर होगा।”

सात दिन तक यज्ञ होता रहा और आसपास के और दूर-दूर के सैकड़ों हिन्दू और सिख किसान दूकानदार और मुलाज़िम शामिल हुए। सखीपीर के मज़ार के नीचे हिन्दुओं का एक देवस्थान बना दिया गया और मिश्रजी ने यहां पर पीपल का एक पेड़ भी लगा दिया, जिसे बारह साल के बाद जब मैंने आकर दोबारा देखा, तो वह भी मेरी तरह जवान हो चला था। मिश्रजी का खानदान अपने गांव का कच्चा घर छोड़कर उस देवस्थान में रहने लगा था। हर साल जब सखी पीर के मज़ार पर मेला होता तो उस देवस्थान पर भी यज्ञ होता और बहुत धूमधाम से होता। उस यज्ञ के लिए सारी सामग्री सखीपीर के मुसलमान किसान देते थे और इस सिलसिले के दूसरे खर्च भी बड़े शौक से खुद उठाते थे। इस यज्ञ और इस मेले के संगम से एक अजीब स्वच्छता फैल गई थी, जो अब मुश्किल से नज़र आती है।

सखीपीर का मेला मुझे एक और वजह से भी याद है। मेंडहर में आकर हम दोनों भाइयों को पहलवानी का शौक चर्राया था, पिताजी ने पहले तो हमें बहुत समझाया, लेकिन जब हम नहीं माने, तो उन्होंने दो पहलवान हमें दांव सिखाने पर नियुक्त कर दिए। मेरा उस्ताद उत्तमसिंह जरगर (सुनार) था, जो एक आंख से काना था, मगर मेंहडर के इलाके का सबसे चालाक पहलवान समझा जाता था। महेन्दर का उस्ताद एक मुसलमान पहलान था, बहादू उसका नाम था और हम दोनों भाइयों ने दो अलग-अलग पहलवानों से इसलिए सीखना मंजूर किया था कि कहीं कोई एक भाई दूसरे भाई के दांव-पेंच से जानकार न हो जाए।

कई वर्ष पहलवानी सीखने के बाद एक बार उसी सखीपीर के मेले में मेरा और महेन्दर का रन पड़ा। दोनों पट्ठे अलग-अलग उस्तादों

के सधाये हुए अखाड़े में उतरे और रान पर थपकी देकर एक-दूसरे से कुश्ती करने में जुट गए, मगर मुकाबला कुछ मज़े का न हुआ। तीन-चार मिनट के दांव-पेच में ही बस महेन्दर ने मुझे ज़मीन पर गिरा दिया और मेरी छाती पर चढ़ बैठा। महेन्दर की जीत का ढोल पिटने लगा। महेन्दर अखाड़े के चारों तरफ घूमता हुआ खुशी से छलांगें लगाता हुआ लोगों में घिरा हुआ उनकी दाद (प्रशंसा) वसूल कर रहा था और मेरी आंखों में खून उतर रहा था, मेरे उस्ताद को इस कदर गुस्सा आया कि उन्होंने उसी वक्त हुंकारकर महेन्दर के उस्ताद को अखाड़े में आने पर मजबूर कर दिया। दोनों उस्तादों में वह जम के लड़ाई हुई, वह जम के लड़ाई हुई कि लोग हम दोनों की कुश्ती को भूल गए।

आखिर इस दूसरी लड़ाई में मेरे उस्ताद ने महेन्दर के उस्ताद को नीचा दिखाकर मेरी हार का बदला ले लिया, मगर मैं अपनी पहली हार और वह भी अपने छोटे भाई से पहलवानी में हार मिलने की घटना को कभी न भूल सका। उस घटना के बाद मैंने पहलवान बनने का इरादा बिलकुल तर्क कर दिया, इससे मुझे और साहित्य को जो नुकसान पहुंचा है उसका मुझे खुद बहुत अफसोस है... मगर अब क्या हो सकता है?

मेंहडर ने मेरी जवानी के पहले दिन देखे, उन दिनों मेरा सर सपनों से भरा हुआ था, अब इतना अरसा गुज़र जाने के बाद उनमें से कुछ सपने तो पूरे हो गए, कुछ रास्ते में मर गए, कुछ झूठे निकले, कुछ सपनों ने मुझे धोखा दिया, कुछ को मैंने दिया, कुछ सर्दी से ठिठुरकर जम गए, पत्थर की मूर्तियां बन गए, कुछ सपनों को मैंने बड़ी अभिलाषा से एक गहरी कब्र में गाड़ दिया, जो बाकी रह गए हैं शायद वह मुझे गाड़ देंगे, इन्सान और उसके सपनों की लड़ाई कभी खत्म नहीं होगी।

दिन बीत गया, दिन-भर हमने खेतों में काम किया है। (मेंहडर में आके मैंने किसानों के घरों में आना-जाना शुरू कर दिया था और बाद में यह शौक इस कदर बढ़ा कि कालेज के ज़माने में गर्मियों की छुट्टियों का एक हिस्सा मैं ज़रूर इन लोगों के घरों में रहकर गुज़ारता था।) मैं एक खेत की मुंडेर पर बैठा हूं, बादाम की सी आंखें रखनेवाली एक लड़की मेरे हाथ में छाछ का कटोरा दे देती है, जब तक मैं खाली नहीं करता, मेरे सामने खड़ी रहती है, उसके सर के बालों में गेहूं की बालियों के छोटे-छोटे टुकड़े हैं और सूरज की डूबती किरणों के भी छोटे-छोटे टुकड़े हैं, वह तमतमाये लाल सोने की अशर्फियां हैं और दांत मोती की लड़ियां, वह जवानी की पहली फसल है, मेरे सर पर घटा की तरह खड़ी है, और जब मैं छाछ पी लेता हूं, तो कहती है :

"कहीं चले मत जाना, यहीं बैठे रहना।"

"क्यों?"

"मैं नीचे कस्सी (नदी) पर पानी लेने जा रही हूं।"

"तो मैं यहां क्यों बैठा रहूं?"

"इसलिए कि जब मैं कस्सी (नदी) से पानी लेकर यहां पहुंचूंगी तो अंधेरा हो जाएगा और मुझे अंधेरे से डर लगता है।"

मैं बैठा रहा मुंडेर पर, बैठा-बैठा टांगें हिलाता रहा। हवा में गेहूं की सुगन्ध थी और गहलों में बजती हुई घंटियों की गूंज। जानवर घरों को वापस आ रहे थे, अंधेरा बढ़ रहा था, सितारे (नक्षत्र),और चिराग जगमगाने लगे थे। कहीं कोई अकेला गीत गा रहा था, हम दोनों साथ चल रहे थे, उस गीत का अकेलापन हमारे दिलों के सूनेपन को छू रहा था, वह बादाम-सी आंखें भीग चली हैं, मगर कुछ कहती नहीं, आंखें बोल नहीं सकतीं, यह अच्छा है, वर्ना ज़बान से अच्छा ही बोलतीं और उनका बोल सुनकर इस दुनिया का दुःख और बढ़ जाता। बस, यह

भीग जाती हैं और झुक जाती हैं और फिर वह दोराहा आ जाता है जहां से उसे अपने गांव की तरफ और मुझे मेंहडर की तरफ जाना है। मैं उसके सामने और वह मेरे उसके सर पर रखे हुए मिट्टी के घड़े में पानी एक जख्मी कबूतर की तरह फड़फड़ाता है।

आज उस अनकही हसरत की याद भी मासूम बन गई है। मेंहडर की यादों का हर रंग सुनहरा है, मगर वह सुनहरा रंग जाने आज यादों के सुर्मई गुबार में कहां खो गया है? वह हरे-भरे खेत, बारूद के गुबार और लोहे के तार में उलझकर वीरान हो गए हैं। मेरे सपनों की मूर्तियों से खन बह रहा है।

10

तक्षशिला से बारहमूला तक

अन्तिम भाग

खोड़ीनाड़ पहाड़ की एक घाटी पर एक ऊंचा अजीब-सी शक्ल का टीला खड़ा है, इसे लाखारानी का टीला कहते हैं, लोगों का ख्याल है कि इस टीले के अन्दर दूर कहीं नीचे भारी चट्टानों के अन्दर लाखारानी का खज़ाना गड़ा हुआ है, कई बार बच्चों को इस टीले के आसपास खेलते हुए पुराने ज़माने के तांबे के पैसे मिले हैं, मगर इस टीले को खोदने की हिम्मत कोई नहीं करता। कहते हैं, लाखारानी के खज़ाने को खोद के नहीं निकाला जा सकता, हां एक समय ऐसा आएगा, कब? यह कोई ठीक से नहीं बताता, इतना सब कहते हैं कि एक समय ऐसा आएगा जब चार सवार लाखारानी के टीले की तरफ घोड़े दौड़ाते हुए आएंगे, एक सवार पूर्व से आएगा, दूसरा पश्चिम से, तीसरा उत्तर से, चौथा दक्षिण से। वह चारों घोड़ों पर सवार होंगे और चारों एक-दूसरे के भाई होंगे, मगर एक-दूसरे के लिए अजनबी (अपरिचित) होंगे। वह चारों सवार अपने घोड़ों से उतरकर लाखारानी के टीले के गिर्द (चारों ओर) खड़े हो जाएंगे और एक-दूसरे के हाथ से हाथ मिलाकर इस टीले के चारों ओर परिक्रमा करके लाखारानी को आवाज़ देंगे, तो लाखारानी खज़ाने के गुप्त द्वार खोलकर सारा खज़ाना उनके हवाले कर देगी।

बचपन में हमने इसको एक खेल की सूरत दे दी थी, चार दोस्तों की

एक टोली बन जाती, एक पूर्व से, दूसरा पश्चिम से, तीसरा उत्तर से, चौथा दक्षिण से हाथ फैलाए हुए आता, चारों लाखारानी के टीले के गिर्द हाथ फैलाए हुए एक-दूसरे का हाथ पकड़े हुए लाखारानी को आवाज़ देते।

लाखारानी! लाखारानी!!
मेरी मौसी उसकी नानी।
उसकी नानी, इसकी ममानी।
लाखारानी! लाखारानी!!
अलिया आया, मुहम्मदा आया,
किसना आया, बिसना आया
आए चार सवार
चारों मेरे भाई, चारों मेरे यार!
खोलो गुप्त महल के द्वार॥

हम कितना भी चीखते-चिल्लाते, मगर गुप्त महल के द्वार कभी न खुलते, शायद हम इस खज़ाने के हकदार नहीं थे, या शायद अभी गुप्त महल के खुलने का समय न आया था।

फिर बहुत बरस बीत गए, हम इस खेल को भूल भी गए, फिर एकदफा हमें मैट्रिक का इम्तहान देने के लिए रावलपिंडी जाना पड़ा। उन दिनों पुंछ में मैट्रिक के इम्तहान का कोई इन्तज़ाम न था। सभी लड़कों को रावलपिंडी के अंग्रेज़ी इलाके में परीक्षा देने के लिए जाना पड़ता था। हम लोग पुंछ से पुलन्दरी, पुलन्दरी से लछिमनपत्तन, लछिमनपत्तन से सुहाला गए और सुहाला से रावलपिंडी। सुहाला में हमारे साथ के बहुत-से लड़कों ने पहली बार रेलगाड़ी देखी, रावलपिंडी में पहली बार पक्की सड़क देखी, बिजली की रोशनी देखी, गोरा साहब को देखा। हम लोग सड़क पर भेड़ों की तरह इकट्ठे चलते थे और मोटर की आवाज़ सुनते ही बिदक-कर घबराने लगते थे।

राहगीर हम पहाड़ी लड़कों को देखकर बहुत हंसते थे।

रावलपिण्डी बहुत खूबसूरत शहर मालूम हुआ, खुली सड़कें, लम्बे-चौड़े बाज़ार, अतिथि-सत्कार करनेवाले लोग, स्वस्थ और सुन्दर लोग, पठान, पोठोहार, अफगान और यूनान का संगम। अलग-अलग नस्लों के मिलने से चेहरे कितने खूबसूरत हो जाते हैं। उसका अन्दाज़ा रावलपिंडी को देखकर हुआ। रावलपिंडी फलों और मेवों का शहर था, काबुल के सर्दे कन्धार के अनार, चमन के अंगूर और पिस्ते। सारा शहर फलों से भरा हुआ था, खुद लोगों के चेहरे पके हुए फलों की तरह दिखाई देते थे। काबुल को जानेवाली शाहराह पर और लाहौर को जानेवाली शाहराह पर रावलपिंडी एक तिकोने जंक्शन की तरह खड़ा था।

मैट्रिक का इम्तहान देकर हम लोग पंजा साहब देखने गए, जहां बाबाजी का मशहूर गुरुद्वारा है। पंजा साहब से लौटकर टेक्सला आए, जहां पुराने ज़माने की सबसे पुरानी और ऐतिहासिक तक्षशिला युनिवर्सिटी के खंडहर खोदे जा रहे थे। तक्षशिला के एम्फी थियेटर, तक्षशिला के हॉस्टल, तक्षशिला के नहाने के तालाब, युनिवर्सिटी के दूसरे प्रबन्ध देखकर अक्ल दंग रह जाती है कि आज से हज़ारों वर्ष पहले इस पुरानी युनिवर्सिटी में शिक्षा-दीक्षा की कितनी उत्तम और उच्च व्यवस्था थी। हमने तक्षशिला का अजायबघर भी देखा, जिसमें पुराने हिन्दू और बुद्ध-मूर्तियां रखी हुई थीं और खूबसूरत सोने-चांदी के आभूषण के बढ़िया नमूने और खाने-पीने के बर्तन जो उस ज़माने के उत्तम ज़िन्दगी के उदाहरण थे।

कई हज़ार एकड़ ज़मीन पर फैली हुई इस विस्तृत युनिवर्सिटी के इलाके का हमें एक ऊंचा टीला दिखाया गया, गाइड बोला :

"यह लाखारानी का टीला है।"

"लाखारानी का टीला!" हम लोग आश्चर्य से चीख उठे।

"हां, लाखारानी का टीला।" गाइड ने हमें बताया।

"इसके अन्दर बड़ा खज़ाना गड़ा है, मगर उसे कोई निकाल नहीं सकता।"

फिर वही चार सवारों की कहानी दुहराई गई और हम लोग दांतों में उंगली दबाए सोच रहे थे, यह कैसे हो सकता है, लाखारानी का टीला तक्षशिला में हो और वही टीला फिर हमारे खोड़ीनाड़ के पहाड़ पर भी हो और खज़ाना मालूम करने का तरीका भी वही हो! एकदम से हमें अपने बचपन का खेल याद आ गया और हममें से चार लड़कों के ग्रुप ने निकलकर उस टीले के गिर्द हाथ बांधकर नाचना और गाना शुरू कर दिया।

लाखारानी! लाखारानी!!
खोलो गुप्त महल के द्वार।

मगर द्वार न खुले, शायद उसका समय न आया था, शायद हम उस खज़ाने के अधिकारी न थे, हम वापस रावलपिंडी आ गए और दो-तीन दिन घूमने के बाद वापस घर को चले, पर अबकी हमने दूसरा रास्ता इख्तियार किया, क्योंकि मेरी खूबसूरत वादी को बहुत-से रास्ते जाते हैं।

रावलपिंडी से हम कोहमरी गए, मरी उन दिनों इस इलाके का सबसे बड़ा हिलस्टेशन था और आज भी है, मगर उन दिनों यहां गोरों की एक बहुत बड़ी छावनी थी। मरी में हमने पहली बार उस ताकत का चमत्कार देखा, जो सात समन्दर पार से आकर हम-पर राज्य कर रही थी, जिधर देखो गोरे ही गोरे, सर उठाकर फरऊनों की तरह चलते हुए। हिन्दोस्तानियों के सर झुके हुए थे और रास्ता चलते-चलते सामने से होते हुए गोरे साहब को फौरन रास्ता दे देते थे, यह बात भी हमने पहली बार मरी में ही देखी।

मरी का सबसे ऊंचा प्वाइंट घोड़ागली है, घोड़ागली से गुज़रकर हम लोग कोहाले की तरफ रवाना हुए। अब हमारी लारी उतराई पर भागी जा रही थी और लारी में बैठे हुए विद्यार्थियों के सहमे हुए चेहरों को देखकर साफ मालूम हो जाता था कि हममें से प्रत्येक व्यक्ति जल्दी से जल्दी इस इलाके से गुज़र जाना चाहता है, जिसे देखकर अपनी गुलामी की ज़ंजीरें ऐसी नंगी और साफ नज़र आने लगती हैं।

कोहाले से अंग्रेज़ों की अमलदारी खत्म होती है और रियासत की सीमाएं शुरू होती हैं। कोहाले के मुकाम पर दरियाए-झेलम दो ऊंचे पहाड़ों को चीरकर बीच में बड़ी तेज़ी से बहता है। कोहाले के मुकाम पर लोहे का एक बहुत बड़ा मज़बूत पुल है, बस यही एक पुल है, जो कश्मीर के इलाके को पंजाब के इलाके से मिलाता है, उन दिनों पुल के एक तरफ अंग्रेज़ी इलाके के कस्टम की चौकी थी, दूसरी तरफ रियासती कस्टम की।

कोहाला लारियों के ठहरने का बहुत बड़ा अड्डा है, सैकड़ों लारियां कश्मीर से पंजाब और पंजाब से कश्मीर जाती हुई यहां रात को ठहरती थीं। पुल के उस पार अंग्रेज़ी इलाके में पहाड़ की ढलवानों पर सड़क के दोनों ओर कोहाले का कस्बा बसा हुआ था। बहुत ही छोटे-छोटे होटल और ढाबे और पेट्रोल के स्टेशन और फलों की दुकानें और लारियों को ठीक करनेवाले मिस्त्रियों के गैरेज और दिन-रात लारियों का दरिया झेलम के दरिया की तरह लम्बा और पुरशोर और हमेशा बहता हुआ। कोहाले में रात को भी दिन का समां रहता है, जाने कोहाले के लोग कब सोते हैं, हर वक्त कोलाहल, हर वक्त होटल खुले हुए, ढाबे के नौकर चीख-चीखकर गाहकों को आवाज़ देकर अन्दर बुलाते हुए, रात-भर चाय चलती हुई, और तनूरों में रोटियां सिंकती हुई और हंसी और कहकहे और शराबी आवाज़ें और रासधारियों के नाच, कृष्णलीला

दिखाते हुए, जिन्हें सब लोग बड़े चाव से देखते थे। कोहाले में हमारी बड़ी आवभगत हुई, यहां पर हमारे एक सहपाठी सरदारसिंह के चाचा का ढाबा था। उसने जब सुना कि उसका भतीजा रावलपिंडी से मैट्रिक का इम्तहान देकर आया है, तो वह दौड़-दौड़ा हमारे पास आया, जहां हम ठहरे हुए थे, वह न केवल सिर्फ अपने भतीजे सरदारसिंह से गले मिला, बल्कि हम सबसे गले मिला क्योंकि उसके खयाल में हम सब उसके भतीजे थे। सरदार गुरुबख्श ढीली पगड़ी, चमकीली आंखों और गीले आटे में सने हुए हाथों वाला चाचा था, हालांकि हमारे उस्तादों ने हमारे रहने के लिए कहीं और इन्तज़ाम किया था, मगर चाचा गुरुबख्श किसी तरह न माना, वह हम सब लड़कों को वहां से उठाकर अपने होटल में ले गया। वहीं पर उसने सब हिन्दू और सिख लड़कों को खाना खिलाया और मुसलमान लड़कों को अपने चाचा 'अल्लाबख्श के होटल' में खाना खिलाने ले गया और खाने के पैसे न चाचा गुरुबख्श ने हमसे लिए, न चाचा अल्लाबख्श ने, बल्कि उन लोगों ने वहीं कोहाले में ही सलाह-मशविरा करके हमारे लिए उड़ी में रहने का ठिकाना भी कर दिया चाचा रामप्यारा के होटल में। मुझे चाचा गुरुबख्श के गीले आटे में सने हाथ बहुत याद आए हैं, हममें से लगभग प्रत्येक व्यक्ति के कपड़ों पर उसके गीले आटे के निशान रह गए होंगे, क्योंकि उसने हर लड़के को अपने गले से लगाने की ज़िद की थी। मालूम नहीं उस ज़माने में कैसे हर कोई किसी दूसरे का चाचा या भतीजा बन जाता था और इस रिश्ते को पूरा भी करता था। जिस मुहब्बत व प्यार से चाचा रामप्यारा ने उड़ी के अपने छोटे-से होटल में खाना खिलाया और रात को सोने के लिए मुफ्त कमरे देकर हमारे लिए हर आराम और सुख पहुंचाने का खयाल किया, उसे सोचकर अब आश्चर्य होता है, क्योंकि चाचा रामप्यारा हम सबके लिए बिलकुल अपरिचित था। उस ज़माने

में लोग यह रिश्ते कैसे पालते थे, आजकल तो सगे चाचा भी चाचा नहीं होते। मुहब्बत, हमदर्दी और भाईचारे की बातें जितनी बढ़ती जाती हैं, इन्सानी रिश्ते खत्म होते जाते हैं।

उड़ी से मैं बारहमूला चला गया क्योंकि मुझे श्रीनगर जाना था, बाकी लोग उड़ी से हाजी पीर की तरफ रवाना हो गए।

स्मृति के सूने गलियारों में मुझे वह लड़का बहुत याद आता है जो कभी तक्षशिला से बारहमूला तक गया था। वह लड़का हिन्दोस्तानी था, कि पाकिस्तानी? उसके अन्दर बहुत-सी नस्लें और तहज़ीबें, कल्चर और इतिहास आ मिले थे, जिन्होंने हमारी ज़िन्दगी को एक खूबसूरत कालीन की तरह सजा दिया है। तुम उस कालीन पर अलग-अलग रंगों को देख सकते हो, यह हिन्दू है, यह मुसलमान है, यह सिख है, यह ईसाई है, यह काला है, यह गोरा है, यह पीला है, यह भूरा है, मगर तुम किसी एक रंग को किसी दूसरे रंग से जुदा नहीं कर सकते, फिर किसलिए उन्होंने इस निहत्थे लड़के पर तलवारें चलाईं और उस कालीन के टुकड़े-टुकड़े कर दिए। मेंहडर की मूर्तियों की तरह आज उस कालीन के हर रंग और हर तार से भी लहू बहता है।

आज पाकिस्तानी ज़हीनों के सामने यह मसला बहुत अहम है कि पाकिस्तानी कल्चर क्या हो? बहुत-से पाकिस्तानी बुद्धिजीवी इस ढंग से सोच रहे हैं कि किस तरह हिन्दू सभ्यता, हिन्दू इतिहास, हिन्दू कल्चर और संस्कृति को काटकर एक सम्मिलित पाकिस्तानी कल्चर की बुनियाद रखी जा सकती है। इसी विषय पर किताबें लिखी जा रही हैं, लेख लिखे जा रहे हैं, सोच-विचार के ढांचे बदले जा रहे हैं, अखबारों के पृष्ठ के पृष्ठ काले किए जा रहे हैं, मगर किसी तरह पाकिस्तानी कल्चर का मुआमला सुलझने में नहीं आता, कैसे आ

सकता है, हेमलेट के बगैर हेमलेट का ड्रामा कैसे खेला जा सकता है?

एक अजीब बात कहता हूं। सम्भव है मेरे बहुत-से दोस्तों को बुरी-सी लगे। मगर हिन्दू सभ्यता, हिन्दू इतिहास और हिन्दू संस्कृति को अपनी ज़िन्दगी से काटकर आप किसी ठोस पाकिस्तानी कल्चर की बुनियाद नहीं रख सकते। जिस तरह मुस्लिम तहज़ीब, मुस्लिम तारीख और मुस्लिम तमद्दुन के बिना हिन्दोस्तानी कल्चर का कोई भाग पूरा नहीं हो सकता, ताज और इत्र, गुलाब और गज़ल, शेरवानी और गुम्बद, जामा मस्जिद के मीनार और सूफियों के मज़ार गायब करके हम अपने लिए किसी भरे-पूरे सम्मिलित हिन्दोस्तानी कल्चर की कल्पना नहीं कर सकते, उसी तरह से पाकिस्तानी कल्चर का मसला पुरानी हिन्दू सभ्यता को देशनिकाला दे देने से नहीं सुधर सकता। पाकिस्तानी विद्वान दबी ज़बान से मोहनजोदड़ो और बुद्ध की मूर्तियों का ज़िक्र तो करते हैं लेकिन तक्षशिक्षा को भूल जाते हैं। वह राजा जैपाल जिसने सुबुक्तगीन का मुकाबला किया, वह एक पंजाबी हिन्दू था और पश्चिमी पाकिस्तान का रहनेवाला था। वह महाराजा पोरस जिसने महान सिकन्दर के दांत खट्टे कर दिए, वह एक पंजाबी हिन्दू था और जेहलम का रहनेवाला था। डाक्टर इकबाल जाति के ब्राह्मण थे और अपने ब्राह्मण होने पर गर्व करते थे। गुरू नानक ने पश्चिमी पाकिस्तान में जन्म लिया, किस-किसको भूलोगे? और किस-किसको याद न करोगे? और वह कल्चर जिसकी बुनियाद भूलने और याद न करने पर रखी जाए, किस तरह का कटा-फटा और ज़ख्मी कल्चर होगा? मगर कुछ मेरा ऐसा ख्याल है कि किसी भी इन्सान या देश के लिए दर्ज़ी के कपड़े की तरह काटकर कल्चर बनाना बहुत मुश्किल है, कल्चर की जड़ें बहुत गहरी होती हैं और इन्सान की याद से कल्चर की याद भी लम्बी होती है और देर पा होती है, इन्सान भूल जाता है, मगर

कल्चर नहीं भूलता, मनुष्य अपनी आत्मा की आवाज़ को दबा सकता है, कल्चर की आत्मा की आवाज़ नहीं दबाई जा सकती। मनुष्य अपनी शुरुआत छिपा सकता है, कल्चर अपनी शुरुआत पर गर्व करता है। आज मिस्र, ईरान और दूसरे मुस्लिम प्रदेश में खोद-खोदकर अपनी शुरुआत ढूंढ़े जा रहे हैं और उनपर गर्व किया जा रहा है। पाकिस्तानी बुद्धिजीवियों को भी एक रोज़ इसी रास्ते पर आना होगा, काफिर के बिना इस्लाम संपूर्ण नहीं होता।

मेरी वादी को जाने का एक और रास्ता भी था, इसलिए कि अब वह रास्ता भी मेरे लिए बन्द हो चुका है। मैं और महेन्दर अक्सर उस रास्ते से लाहौर जाते थे। हम दोनों पुंछ से कोटली जाते थे, कोटली से झंगड़, झंगड़ से मीरपुर और मीरपुर से गाटालियां, जो जेहलम दरिया के किनारे रियासती कस्टम की आखिरी चौकी है, जिसके दूसरे किनारे पर जेहलम का शहर आबाद है। मेरी पहली कहानी गाटालियां के कस्टम से शुरू होती है और जेहलम में बहनेवाली नाव पर खत्म होती है। शायद मैं अपनी ज़िन्दगी की अन्तिम कहानी भी गाटालियां के कस्टम से शुरू करूंगा और अपनी उस आखिरी कहानी को दरिया में बहनेवाली नाव के सुपुर्द कर दूंगा, फिर जहां भी वह जाए और जिस तक भी पहुंचे।

दो लड़के अकेले उस रास्ते पर सफर करते थे, ठीक है, कोटली हिन्दुओं का एक छोटा-सा कस्बा था और मीरपुर भी उससे कुछ बड़ा ऐसा ही कस्बा था, मगर यह रास्ता जिन इलाकों और जिन देहात से गुज़रता था, वहां की आबादी अधिकांश मुसलमानों की थी। हम लोग पहाड़ी गीत गाते हुए अकेले उस रास्ते पर चले जाते, हमारे साथ कोई फौज नहीं होती थी, कोई बन्दूक नहीं होती थी, हाथ में कुछ किताबें

होती थीं और दिल में भरोसा और आत्मबल। रात को जहां और जिस गांव में जी चाहे हम सो जाते थे और वह लोग हमसे अपने बेटों का सा सुलूक करते थे, उस सुलूक में कोई झूठ न था, कोई बनावट न थी, कोई मजबूरी नहीं थी, किसीका डर नहीं था, हाकिम का कोई हुक्म नहीं था।

वह रास्ते आज़ाद हवाओं के, चीड़ के जंगलों के पहाड़ी गीतों के, निर्भय निगाहों के, निःस्वार्थ, निष्ठा और प्यार के अब मुझपर बन्द हो चुके और यह बात मुझे पसन्द नहीं है, जिस रास्ते पर कोई हिन्दू या कोई मुसलमान या कोई सिख या कोई ईसाई या कोई काला या गोरा अपने नाम से अपनी सभ्यता और कल्चर से प्यार करता हुआ निडर, निर्भय, निहत्था नहीं चल सकता। वह रास्ता, चाहे वह किसी भी मुल्क या किसी भी ज़मीन के हिस्से पर हो, मुझे पसन्द नहीं है, वह रास्ता लहू का रास्ता है और इंसान पर इंसान के ज़ुल्म का रास्ता है, एक दिन वह रास्ता ज़रूर मिट जाएगा।

क्योंकि हर कौम का एक संगठित भाग्य था। तकदीर होती है, यह हिन्दोस्तान के भाग्य में था। इस तरह होना अर्थात् बहुरंगी, बहुजाति, बहुधर्मी, एक-दूसरे से भिन्न मगर फिर भी एक...और किसी भी व्यक्ति का किसी भी कौम की किस्मत को तकसीम कर देना एक ऐसा गुनाह है जिसका प्रायश्चित्त सम्भव नहीं है। मनुष्य तकसीम किए जा सकते हैं, मगर उनकी किस्मतें तकसीम नहीं की जा सकतीं।

यह किस्मत कोई ईश्वरीय देन न थी, यह इस उपमहाद्वीप के छोटे-छोटे साधारण दीनहीन लोगों की मिली-जुली इच्छा का भाव था। एक-दूसरे के साथ सुख शान्ति से रहने का, मिलजुलकर जीवन बिताने का घृणा और युद्ध और हठधर्मी के बिना। लेकिन उनसे उनकी राय लेने का मौका दिए बिना यह रास्ता छीन लिया गया और उनके

भाग्य को तकसीम कर दिया गया। आज उसकी सज़ा हम सब भुगत रहे हैं और अभी और भुगतेंगे।

यहां पर थे मेरे रास्ते, मेरी गलियां और शहर, कस्बे और देहात, जंगल और वादियां और खेत, मेरे हिन्दू और मुसलमान, मेरे ईसाई और सिख, पारसी और डोगरे, राजपूत और गूजर! वह लोग एक-दूसरे से बहुत अलग थे और यह उनकी किस्मत थी। वह लोग मुख्तलिफ नस्लों के थे, मुख्तलिफ जातियों के, मुख्तलिफ ज़बानें बोलते थे, मुख्तलिफ रीति, रस्म, रिवाज, धर्म और कल्चर के अनुयायी थे और यह उनकी किस्मत थी। उसके बावजूद सब लोग एक धरती पर यकजा हो गए थे और एक-दूसरे के साथ रहकर काम करते थे और यह भी उनकी किस्मत थी। इस किस्मत को तकसीम कर देना ही सबसे गलत बात थी, क्योंकि जब तुम इस तरह एक मिली-जुली और जुड़ी हुई और कालीन के धागों की तरह एक-दूसरे में गुथी हुई किस्मत को तकसीम करते हो, तो फूलों के रंग बिखरने लगते हैं, दरियायों में पानी खुश्क होने लगता है, पत्ते गिरने लगते हैं, चिड़ियां घोंसले छोड़कर उड़ जाती हैं और एक उदास कराहती हुई हवा धरती पर झुककर चलती है।

बहुत-से सवाल हैं मेरे दिल के अन्दर, मगर मेरे पास उनका कोई जवाब नहीं है, जवाब आसानी से मेरे पास नहीं आते और मैं अपने बहुत-से सवालों के जवाब भी नहीं जानता, इतना ज़रूर जानता हूं कि अपने-अपने अलग-अलग रास्तों पर चलते हुए हमारे लोगों की यह विभाजित की हुई किस्मत फिर एक होगी, कहीं से वह रोशनी आएगी, पूरब से आए या पश्चिम से आए, उत्तर से या दक्खिन से, आकाश से या धरती से या अपने दिल के अन्दर से, यह मैं नहीं जानता, मगर कहीं से वह रोशनी ज़रूर आएगी और वह उनके चेहरों पर पड़ेगी और रोशनी के उस एक तेज़ उज्ज्वल क्षण की दमक में वह दोनों दुश्मन चेहरे एक

हो जाएंगे और लाखारानी के गुप्त महल के द्वार एक ही झटके में खुल जाएंगे, एक दिन ऐसा आएगा, यह मेरा यकीन और विश्वास है, तब तक मैं एक पहाड़ी गीत गाता हूं।

बागां दे विच बुलबुल बोले
कसियां बोलन पानी
जिनां साडे सजन विछोड़े
सबर उनांदी जानी

(बागों में बुलबुल बोले
और नदियों में पानी
जिन्होंने हमारे सजन अलग किए
सबर पड़े उनकी जान पर।)

◇◇◇